KB250017

냄비는 둥둥

냄비는 둥둥

김 승 희 시 집

창비

차 례

제1부

제1부

별

별
에서
ㄹ이
떨어져서
무릎 같은 ㄹ이 떨어져서
땅에 내려와서
논에 들어가
벼가
되어서
벼로 패어서

일하는 농부의 다리
힘들어서
꺾어져서
주저앉아서
겹친 다리
꺾인 무릎
ㄹ이 되어서

벼를 모시고 쉬는데
때
그런 때
벼가
별이 되어서

저 산을 옮겨야겠다

저 산을 옮겨야겠다
저 산을 내가 옮겨야겠다
오늘 저 산을 내가 옮겨야겠다

먼저 저 산에서 ㄴ을 빼고
ㅏ ㅏ ㅏ ㅏ
목놓아 바깥으로 아를 풀어놓으면
산은 마침내 ㅅ만 남게 된다
두사람 비스듬 몸 맞대고 걸어가는 모습이 보인다

ㅅ...... ㅅ....... ㅅ....... ㅅ......
저 산이 움직인다
ㅅ...... ㅅ....... ㅅ....... ㅅ......
저 산이 걸어간다
ㅅ...... ㅅ....... ㅅ....... ㅅ......
산을 움직이는 두사람
ㅅ...... ㅅ....... ㅅ....... ㅅ......
사랑하는 두사람이다

갑자기 그럼에도 불구하고!라는 말이 들렸다

폭설의 밭 속에서 살고 있는 것들!
백설을 뻗치고 올라가는 푸른 청보리들!
폭설의 밭 속에서 움직이고 있는 것들!
시퍼런 마늘과 꿈틀대는 양파들!
다른 색은 말고 그런 색들!
다른 말은 말고 그런 소리들!

하루를 살더라도 그렇게
사흘이나 나흘을 살더라도 그렇게!

호텔 자유로

자유로는 이제 호텔이 되었다.
자유로에서 자유는 이렇게도 많이 밀리고 있다.
처참한 브로콜리 같은 아침의 얼굴이여.
누가 이 아침 얼굴을 이토록 뭉개어놓았나.
자유로에서 밀리는 것은 정말 자유만이 아니다.

때묻은 얼굴에 머리카락을 풀어헤친 맨발로
조그만 베개를 가슴에 안고
아가야, 아가야, 젖 줄까, 베개를 토닥이며 돌아다니던
그 미친년의 마음을 알 수 있을 것 같다.
그런 미친 그리움을 살아본 적이 있는가,
그리움이 앞으로 더 나아갈 수 없을 때
그리움이 앞으로도 뒤로도 다 막혀 있을 때
나도 얼마든지 그렇게 미칠 수 있을 것 같다.

미치거나 황토 귀신이 되어서 반쯤 졸거나 반쯤 자는 길.
서울로 가는 전봉준도 그리하였으리라. 깃발은 들었고

자유는 밀리고. 황토재 떠나 황룡촌 지나
첩첩 그리움은 막혀가고. 보은 지나 금강이여.
서울로 가는 길목마다 그렇게도 어려웠으리라.
자유로에 점점 떨어진 푸른 알들이여
녹두꽃잎이여……

호텔 자유로. 인디언 담요를 몸에 두르고
스티로폼 도시락에 담긴 김밥과 샌드위치를 먹으며
그렇게도 싫어했던 실려가는 삶에 대해
실려갈 수밖에 없는 삶에 대해
밀려 있는 자유에 대해
밀고 가는 자유에 대해.
그리고 또다시 언젠가 꽃피어날 녹두꽃에 대해
피기도 전에 공습 탄환에 스러진
카불 소녀의 녹슨 녹두빛 눈동자에 대해……

산타 첼로

이른 아침 신촌의 뒷골목
어젯밤이 아직 길거리에 많이 남아 있다
차도인지 모르고 차도에 웅크리고 앉아
잠을 자고 있는 하얀 풍선
어깨가 가느다랗다

누군가 질겅질겅 불어 흰 실로 간신히 매놓은 하얀 풍선
가출한 조카가 있기에
차에서 내려 난 하얀 풍선의 몸을 마구 흔들었지
날이 밝았구나, 애야, 출근 차량이 밀리는데, 너는 이제
일어나
이 자리를 떠나야겠다,
하얀 풍선은 웅크림을 풀지 않고 차도에 계속 앉아
옆에 어젯밤의 소주병과
자그만 여행가방을 사직서처럼 당당히 내놓고

애야, 소녀야, 얼굴을 들고 싶지 않은,

얼굴을 들어 바라보고 싶은 생각이
조금치도 들지 않는 이 개떡 같은 세상,
소녀야, 집 나간 내 조카, 명주야, 응? 명주야,

어제에서 아직도 빠져나오지 못하여
오늘의 차도를 가로막고 있는 저 하얀 풍선
언제 차도로 뛰어들지 모르는
속옷만 입은 저 하얀 풍선
어제 끓인 가락국수 같은 머리카락에
하염없이 꿈결 같은 햇빛이 내리고
졸려서 죽겠다는 하얀 풍선
햇빛을 꾸러 집 나간 이후 만나지 못한 몇해
이제야 햇빛으로 된 제대로의 집에서
오늘이 온지도 모르고 잠들어 있는 저 하얀 풍선

냄비는 둥둥

텔레비전 화면을 통해
아르헨티나 아, 아르헨티나가 냄비 두드리던 소리,
부에노스아이레스의 한여름 밤거리를 뒤흔들던 소리,
남녀노소 가릴 것 없이 냄비, 프라이팬, 국자, 냄비뚜껑
까지
들고 나와 두드려대던 소리,
사람들이 한목소리로 내지른 비명소리
아르헨티나 아아
빚과 실업자, 극빈자, 점쟁이와 정신과의사,
사망자와 부상자 들, 그 한숨소리
나도 프라이팬을 들고 뛰어가 섞인 듯
입을 꽉 다문 채 몇시간씩 은행과 직업소개소 앞에 늘
어선 모습들
이런 광경 고요함

비 내리는 텔레비전 화면을 쳐다보며
묵묵히 밥을 먹는다

다리 하나 부러진 개다리밥상

아무도 그에 대해 말을 하지 않는다

냄비 밑바닥만 우두커니 들여다본다

냄비 안에 시래깃국, 푸르른 논과 논두렁 들,

쌀이 무엇인지 아니? 신의 이빨이란다,

인간이 배가 고파 헤맬 때 신이 이빨을 뽑아

빈 논에 던져 자란 것이란다,

경련하는 밥상, 엄마의 말이 그 경련을 지그시 누르고 있는

조용한 밥상의 시간,

비 내리는 저녁 장마,

냄비는 둥둥

콩나물의 물음표

콩에 햇빛을 주지 않아야 콩에서 콩나물이 나온다

콩에서 콩나물로 가는 그 긴 기간 동안
밑빠진 어둠으로 된 집, 짚을 깐 시루 안에서
비를 맞으며 콩이 생각했을 어둠에 대하여
보자기 아래 감추어진 콩의 얼굴에 대하여
수분을 함유한 고온다습의 이마가 일그러지면서
하나씩 금빛으로 터져나오는 노오란 쇠갈고리 모양의
콩나물 새싹,
그 아름다운 금빛 첫 싹이 왜 물음표를 닮았는지에 대
하여
금빛 물음표 같은 목을 갸웃 내밀고
금빛 물음표 같은 손목들을 위로위로 향하여
검은 보자기 천장을 조금 들어올려보는
그 천지개벽

콩에서 콩나물로 가는 그 어두운 기간 동안

꼭 감은 내 눈 속에 꼭 감은 네 눈 속에
쑥쑥 한시루의 음악의 보름달이 벅차게 빨리

검은 보자기 아래 ― 우리는 그렇게 뜨거운 사이였다

110층에서 떨어지는 여자

9·11에 죽은 여자를 추모하며

110층 화염의 하늘에서 떨어지면서
여자는 핸드폰을 목숨처럼 껴안고
사랑했다, 사랑한다고 말하며
110층에서 떨어지는 여자는
두 신발에 오렌지색 불이 붙은 것을 느끼면서
너를 사랑했다, 너를 사랑한다고 말하며
110층에서 떨어지는 여자는
꼭두서니빛 불타오르는 화염으로 치마를 물들이면서
너를 사랑했으며 너를 사랑한다, 영원히 사랑한다고
말하며
110층에서 떨어지는 여자는
엉덩이를 다 먹고
허리 한복판을 너울너울 화염이 베어먹는 것을 느끼
면서
110층에서 떨어지는 여자는
이 불타는 허리 이 불타는 등줄기 이 불타는 모가지
110층에서 떨어지는 여자는

누구나 자기 무덤을 만들 시간은 없지만

너를 사랑했다고 말하는 여자는

난폭한 머리카락 난폭한 두 귀가 갈기처럼 일어서는

것을 느끼며

110층에서 떨어지는 여자는

죽지 마, 죽어선 안돼,라고 연인이 말할 때

불길이 그녀의 하얀 두 손을 먹고 핸드폰을 녹여버릴 때

그때

바로 그때까지

죽어선 안돼, 절대로 안돼,라는 연인의 말이 전해진

귀 두짝을 소중히 움켜쥔 채

110층에서 떨어진 여자는

사

랑

해

!

신자유주의

돈 속에 아버지의 뼈가 보인다
돈 속에 어머니의 손톱이 보인다
돈 속에서 육친의 신체 일부를 보는 눈은
막막하다

돈 속에 아버지의 쓰러진 논두렁이 보인다
돈 속에 어머니의 파란 하지정맥류가 보인다
돈 속에서 육친의 질병을 보는 눈은
먹먹하다

자석이 자석을 끌어당기듯이
돈이 돈을 끌어당긴다
부유가 부유를 끌어당기고
병이 병을 끌어당긴다

그것이 메시지다
누가 먼저 술잔을 돌렸는지 알 수 없지만

원무를 추듯 자기들끼리 손을 잡고 빙빙 돈다
구름이 걸린 창문 하나 있는 것도 사치다

에버랜드에서 네버랜드로

가본 적이 있다, 에버랜드,
화사한 벚꽃이 만발하고 사슴과 사자가 놀고
딸기 체리 파인애플 멜론 복숭아 살구 오렌지 자두 망고
매일매일 사랑의 기적이 일어나는 곳,
세상에서 가장 고운 아이스크림의 유지방 봉우리에서
블랙베리 라즈베리 블루베리, 크랜베리의 젖꼭지가 살
짝 솟고
푸른색 파슬리가루 아래 위스키 뇌관이 감추어진 곳

순식간에 만개했다
순식간에 쏟아지는
단 한숨의 벚꽃놀이,
창백한 핑크를 주 계열로 화이트, 엘로우, 바닐라색 꽃
잎 아래서
꿈결인 듯 뜨거운 아이스크림 거품을 핥아먹는
단 한숨의 연인들,
뜨거운 아이스크림, 혀에 닿는 순간 무너지기 시작하는

클림트의 입맞춤

뜨겁게 달군 도자기 팬 위에 지글지글 아이스크림을
구워내는 핫플레이트나
모락모락 김을 뿜는 뜨거운 초콜릿 위에 만년설이
곁들여진 핫팟 아이스크림,
브랜디에 담가 술맛이 진한 블랙체리를
살짝 얹은 술맛의 아이스크림,
공기와 닿는 순간 단숨에 녹기 시작하는,
뜨거우며 차가우며 어딘가로 무리지어 사라진 벚꽃들
의 환영(幻影)

누군가 홑이불을 벗어던지고 도망간다,
나무에서 바닐라색 홑이불들이 와아와아 떨어지고
스파게티 국수처럼 가늘게 뽑은 아이스크림 위에
화려한 채색의 각종 토핑을 얹어주던,
벚꽃나무 아래 있던 그 가게를 찾을 수 없다,

아무튼 테이크아웃은 안된다고 하여
그 통유리창 외벽 안쪽에 앉아
그렇게 꿈결인 듯 혀로 핥아먹었었다,
혀에 맛있는 허무

에버랜드는 테이크아웃이 안된다고 하여
문을 닫고 나오면 아무것도 잡을 수 없는,
아 무아 아 무아 아무 아 무아 아무 아 무아 아무 아!
방향도 없고 안팎도 없고
시작도 끝도 없이
에버랜드~ 네버랜드~ 네버랜드~ 에버랜드~
에버랜드~ 네버랜드~ 네버랜드~ 에버랜드~
나, 거기, 가본 적이 있다, 에버랜드

달걀 소포

한사람이 걸어간다
몹시 가난한 사람인가보다
겨울 추위에도 입을 옷이 없어
넝마 위에 푸대 종이를 걸쳐 입었다

무엇을 담았던 푸대였을까
푸대 종이 걸친 등짝에 이런 글자가 인쇄되어 있다
'이 물건은 연약하니
함부로 취급하지 마십시오'

그렇게 당신은 내 앞에 놓여 있다
소포로 배달된 달걀꾸러미처럼
갈비뼈와 갈비뼈 마주치며
한사람은 한사람을 처음인 듯 전율한다

푸른색 1

푸른색
석란희의 보라가 섞인 듯한 푸른색
푸른색
김환기의 회색이 섞인 듯한 푸른색
푸른색
반 고흐의 미친 주황이 소용돌이치는 푸른색
푸른색
모네의 아침 햇빛 일렁거리는 잠이 덜 깬 푸른색
푸른색
모딜리아니의 누드에 설핏 끼쳐 있는 서러운 푸른색
푸른색
천경자의 푸른 독사에 나온 미끈거리는 푸른색
푸른색
색상은 건반이고 영혼은 피아노
그러면 빨강은 '도'
파랑은 '레'
초록은 '미'라고 했던 어디에도 없는 칸딘스키의 푸른색

이 모든 푸른색

그 모든 푸른색

내가 죽어도 남아 있을 저 이유 없는 행복

푸른색 2

영화배우 이은주는 어떻게 된 것일까,

한번 시도했는데 잘 죽어지지가 않아서
다시 급히 결행했다고 했는데
아주 황급하게 방문을 닫고 재실행했다고 했는데
어딘지 쓸쓸해 보이는 사람이 있는데
푸른 키 푸른 만큼 그녀도 그랬는데
돈을 많이 번다고 했는데
집은 월세 산다고 했는데
우울증이라고 했는데
크리스천이라고 했는데
영화에 누드 씬이 많아서 수치심을 느꼈다고 했는데
~ 했는데 가지고는 아무것도 알 수 없다고 했는데

어딘지 푸른색을 거느리고 있는 사람이 있다
무료한 푸른색도 있지만
황황한 푸른색도 있다

하늘만큼 키 큰 하얀 말이 훨훨 푸른색을 운반하며
날개 위에 수정 관을 싣고 손짓한다
이만 총총, 봐, 봐, 어서 날아보라고

푸른색 3

한쪽 심장은 살고 싶다고 말한다
또 한쪽 심장은 살기 싫다고 말한다
절뚝거린다, 절, 뚝, 절, 뚝, 하다가
갑자기 뚝,에서 숨이 멈추는 경우도 있다
한쪽 심장은 살고 싶다고 말하고
또 한쪽 심장은 죽고 싶다고 말한다
두개의 잎사귀가 합쳐져 한몸을 이루었다는 데 문제가
있다

어긋나는 고통은 생생하다,
주먹밥만한, 이 살아 꿈틀대는 피투성이 근육덩어리를
엇갈리게 잡은 두개의 젓가락이 마구 찔러본다,
배고픔과 목마름을 이해하는, 사랑의 결핍을 호소하는
붉은 피가 지나쳐 푸른 자주색을 발하게 된,
인간의 모든 고통이 지나치게 아로새겨져
견딜 수 없는 낙망과 두려움의 경련,
성녀 글라라의 심장엔 예수님이, 손발에 박힌 못과

옆구리에 찔린 창자국과 함께
가시면류관의 가시 모양까지 생생하게,
너무도 미세하게 아로새겨져 있었다,
말하자면 육체의 꿈틀대는 토굴, 매일 그 깊은 데까지
찾아갔던
눈물의 가시의 날카로운 인각(印刻),

명령하고 싶어도 명령할 수가 없다,
한쪽 심장은 아프다고 말한다
또 한쪽 심장은 안 아프다고 말한다
아파, 안 아파, 아파, 안 아파, 통일은 어렵다,
좌심방, 우심방, 좌심방, 우심방, 좌, 우, 좌, 우 하다가
불현듯 자,에서 고개를 떨구는 경우도 있다
한쪽 심장은 좌로 가자고 말하고
또 한쪽 심장은 우로 가자고 말한다
너무 시끄러워 멈춰, 멈춰, 멈춰, 자, 자자, 이제 그만,
영영히!

(일본시인 나나오 사까끼)

'하루에 3킬로 40년 걸어서 / 사람은 지구를 일주한다 //

하루에 30킬로 36년 걸어서 / 사람은 달에 도착한다'

(심장의 통일을 이룬 사람)

(응? 뭐라고? 36년이라고?)

푸른색 4

네가 죽었다고 한다,
네가 존재해 있었는지도 몰랐는데
뉴욕의 한 아파트 출입문에 있는 전깃줄에 목을 매고
네가 죽었다고 한다,

그 소식이 퍼질 무렵 길들여지지 않는 색 '마티스와 불
멸의 색채화가들' 야수파 그림이 전시된다는 소식이 날
아오고
나는 정말로 놀란다,
스물여섯, 암세포 하나 없는 젊은 몸,
뇌혈관, 심혈관 그 어느 것 하나도 고장난 적이 없는데
네가 대체 죽음의 잉크와 무슨 상관이란 말이냐,
어떻게 네가 내 마음의 불길한 심연을 들여다보았느냐,
내가 살아본 허공중의 황야를
머릿속에 출렁이는 독한 밤의 잉크, 그 황급한 소용돌
이를 어떻게 알았느냐,
삐걱거리는 의자 위에 두 발을 디디고 허공중에 서서

줄 하나에 목을 매달고
받치고 있던 의자를 발로 차버릴 때의 가냘픈 심정,
그 몇개의 환상 같은 번개 같은 심정,
그런 것을 왜 네가 알 필요가 있었다는 것이냐,
한사람의 죽음은 다른 사람의 거울이기도 하다,
그런 생각을 한다,

나는 안다, 그것을, 그러나 모든 스물여섯이여,
무슨 일이 있더라도 스물여섯은
오래오래 살아라,
광야의 돌무지 협곡을 고운 나체에 피가 맺히도록 기
어서라도
앙리 망갱의 「아뜰리에의 집시 여인」 같은 풍만한 영
광을 경험하고
아 아 아 아 머리에 불을 켜고
질경이가 질경이를 완성할 때까지 오래오래 살아라,

너의 눈동자는 피를 흘리고 있었던 것 같다,

너의 눈동자는 흘러넘치는 색채의 격투 같은 타오르는
불을 가지고 있었다,

피와 불이 켜진 눈동자는 결코 오래가는 법이 없다,

불은 곧 꺼지고 장미꽃잎의 향기는 즉시 소멸된다,

나다, 그날 밤 허공 위의 전깃줄을 붙든 것은 나였다,

의자를 발로 찬 것도 나였다,

나는 그날 밤 색채의 스크린을 보듯 너였던 것 같다,

그 순간 외롭지 않았을 것 같다

푸른색 5
어메이징 그레이스

아침에 일어나보니
사자 아가리 속에 내 머리가 있었다
어떻게 된 것일까?
방이 사라지고 온돌이 사라지고
짐승이 부르짖는 광야 같은
붉은 사자 구강의 뼈조직들이
눈앞에 다가오며 조여들고 있었다

사자 아가리 속에 머리를 박고 떨고 있는 나,
너무 늦은 것일까?
사자의 날선 검 같은 이빨들이 오드득 오득
머리뼈 씹는 소리 들려오는데
'나는 개다'
'나는 새장 속에 갇힌 새다'
'본의 아니게 나는 무용지물이다'
반 고흐의 부르짖는 소리도 들려오고
피는 벌써 줄줄 새서 사자의 혀 밑에 낭자하고

그러나 몸이 움직여지지가 않는 것이다,
가냘픈 목소리들이 들린다
'사자 아가리 속에서 이 머리를 빼내어주시옵소서'
멀리 피츠버그에서 한 연구원의 목소리가 들려온다,
'그럼 제 인생은 이제 끝난 거네요?'

사자 아가리 안에서
새소리가 다시 들릴 것인가?
물소리가 다시 들릴 것인가?

머리에 총알이 박힌 채 그것을 모르고 13년간이나 살
아온 사람이 있다,
몰랐기 때문에 가능했던 것이다,
총탄 박힌 머리로 56년간을 살아온 할아버지도 있다,
사자 아가리에 머리를 집어넣은 채
13년을, 아니 56년을 더 살아가는지도 모른다,
내가 희망을 포기한 것이지

희망이 나를 포기하는 것은 아니다,
거미가 뱀을 잡아먹고
뱀이 악어를 삼키는 날도 온다,
사자 아가리 속에서 머리뼈 하나 부서지지 않고
머리카락 하나 다치지 않고
내가 살아서 어메이징 그레이스를 부르는 날도 온다

빨강색

빨강
펄펄 끓는다
산불이다
홍역이다
징역이다
희망이 미처 빠져나오지 못한 판도라의 상자의 내부는
무척 소란스러웠을 거다
119다
빨강
클림트의 입맞춤 남과 여의 소용돌이
빨강
살기 위하여 필요한 몇개의 벼락같은 환상
그 때문이다

정지

노랑색

누구의 노랑색이 가장 아름다운가요,
나는 반 고흐를 생각해요,
이글거려요, 출렁거려요, 소용돌이쳐요,
기다림의 속성을 그렇게 잘 보여준 화가는 없어요,
빨강보다 더 소용돌이쳐요,
하늘도 땅도 보리밭도 별빛도
다 일어서요, 만세를 불러요,
조이 투 더 월드— 기립박수를 치기 직전이에요,
무대가 바뀌어요,
먼 호텔 욕조 안에서 헤어스프레이를 물속에 넣고
파랑빛 튀기는 감전으로 일렁거리며 죽어가는,
그런 여행자가 있어요,
그때 보는 그런 노랑색이에요,
그래요, 그런 것을 가진 거예요

아스피린/아달린, 펜트하우스

눈이 내린다 우리의 도시 위에 눈이 내린다 아스피린, 아스피린…… 하고 눈이 내린다 아달린, 아달린…… 하고 눈이 내린다 아스피린/아달린, 아스피린/아달린, 하고 2음보로 아아 그 절뚝거리는 4음보로 눈이 내린다 눈이 내리는 날은 지상 13층 정도에서 눈 내리는 설풍경을 바라보아야 한다 설풍경이 어떻게 살풍경 위에 내리는지 경이롭도록 새하얀 눈발들이, 아니 눈의 죽지들이, 눈손들이, 눈입술들, 눈발들이 얼마나 가벼이 얼마나 보드라이 얼마나 헌신적으로 이 가증스러운 펜트하우스 위로 얼마나 순결하게 온몸을 다 바치는지……

눈이 내린다 더 깊이 내린다 더 높이 내린다 롯데 미도파 신세계 현대 백화점 위로 라마다 르네상스, 하얏트, 그랜드 힐튼, 코리아나, 홀리데이 인, 매리어트, 플라자 호텔 위로 흰 눈이 내린다 아 어느새 서울은 플레이보이방이 여고생 누드가 뜨는 화상채팅방이 미쳐서 죽고 싶은 짜릿한 게임방이 그리도 성업중이고 또 눈이 내린다

45

아스피린/아달린, 아스피린/아달린, 그렇게 2음보 혹은
4음보로 속삭이면서 춤추면서 눈이 내린다 전화방에서
찜질방에서 비디오방에서 캡슐방에서 노래방에서 게임
방에서 사람들은 네가 오는 것을 아알지 못한다 금홍아
금홍아 금홍아 하얀 외침이 포근한 약가루가 되어 더 눈
이 내린다 더 높이 더 깊이 포근한 폭설이 폭설이 내린다

　각혈의 까마귀가 금홍이를 부르면서 오늘 일천번 일만
번 부르면서 거리 위로 떨어져 사라져가도 흰 눈밭에서
일제히 방들은 귀를 막는다 흰 눈밭을 점점점 엎어지며
그가 날아간다 호텔과 증권가와 백화점과 펜트하우스를
따악 감춘 거리 위에 아스피린/아달린을 복용한 듯 흰
산천은 그윽하고 이 그윽한 산천에선 약인지 독인지 가
려낼 병원도 학교도 머리도 가슴도 흔적이 없어지고 금
홍아 금홍아 금홍아 부르며 흰 눈이 왔다간다 금홍아 금
홍아 부르면서 각혈의 까마귀가 어디로 가는지 도시의
지붕들은 처마에 매어달린 두 손으로 눈과 귀를 막고 비

전향 장기수의 독방만한 육면체의 밀실 안에선 여고생
누드가 떠 있는 하아얀 모니터가 내밀한 폭발을 연방 상
연중이다

평범한 달력

처음 달력이 올 때 누구나 두 손으로 공손히 받아들었
을 것이다
고맙다고 고개를 숙이기도 하였을 것이다
처음에 달력은 평범한 숫자들의 나열이었을 것이다
검은 숫자와 빨간 숫자는 평범한 약정에 불과했을 것
이다
평범한 숫자에서 시작된 달력은
자신도 모르는 새 운명이 되기도 하였을 것이다
기념일은 되도록 없는 것이 좋지만
운명의 기호가 차곡차곡 쌓여
운명 아닌 숫자가 차츰 줄어들기도 했을 것이다
거기서 아주 새로운 일이 벌어지기도 하였을 것이다
무덤에서 아기가 나오고
물 위의 수련들이 하얀 거북알을 낳고
진홍보다 더 붉은 선홍빛 죄가 흰 눈보다 더 하얘지고
하늘의 해가 두개 뜨고
헬리콥터가 보리밭에서 이륙하면서

결혼사진을 찍고 있던 어느 신부의 면사포를 찢고
바퀴에 휘감긴 면사포에 질질 끌려가다가
허공중에 목이 졸려 죽은 여자도 있었을 것이다
누군가 울면서 세례를 받고
다 있었을 것이다
평범한 달력 안에서 이루어질 수 없는 일은 없었을 것
이다
이루어지지 않았던 일도 없었을 것이다
달력은 더이상 평범한 숫자가 아닐 것이다
기어코 누구에게나 평범하게 끝날 수는 없었을 것이다

바람을 잡으려고

미쳐야 보이는 것들이 있지,

생일케이크 위에서 타오르는 촛불냄새 같은,
몇개의 번개 같은,
목마를 탄 숙녀 같은,
연기 같은,
벼락같은,
벼락 속에 터지는 설핏 장미 향기 같은

수련

물 밑에 살고 있으니
물 위로 떠오르는 일이 여간 쉬운 일이 아니야,
몸도 무겁지만 마음이 더 무거워
그냥 물 밑에 살고 있는 것이 더 좋을 뿐이야,
그렇다고 침몰이 허용되는 것도 아니야,
허우적대다가 물을 먹고
먹은 물을 토하려면 물 위로 고개를 내밀어야 해,
오필리어, 나우지카, 키르케, 아프로디테,
다 역사상의 내 자매들,
파도 거품에서 태어났다는 것, 그게 좋은 거야,
어서 거품으로 돌아가야 할 텐데……
어떤 물 밑 식물도 모두 향일성이라는 게 믿어지니?
물을 먹는다는 것이 얼마나 힘든 일인지,
그래도 가끔 하늘을 쳐다보려고 올라와,
물 밑에 오래 살다보니 몸에서 잔뿌리가 돋아나 엉켜
있어,
창백한 수련, 부레, 알아? 부레?

아니 부레옥잠 말고 부레 말이야,

몸의 잔뿌리 털에서 파란 소름이 꽃피어날 때 꿈의 발
진티푸스랄까,

부력은 그렇게 발진티푸스로 만들어지는 것,

어떤 진흙탕에 있을지라도

물방울들이 몸을 더럽히지 못한다는 것,

물을 먹는 일이 그렇게 힘든 일이라는 것,

물 밑에서는 물 위의 일이 잘 떠오르지 않는다는 것,

오랫동안 물 밑에 있다가 잠시 물 위로 떠오르면

모든 것이 형광등 빛처럼 부유스름 곡두 같다는 것,

「블루」의 여자, 생각나?

물 밑에서 한번 몸을 역전시켰잖아,

아니 「피아노」의 벙어리 아다였나?

물 밑에서 어슴푸레 나무들을 올려다보면

거꾸로야, 천연색 사진을 현상하다가 만 것 같아,

가장 가느다란 것들이 가장 강건한 것들을 받쳐주고
있는데

그 위로 도전하듯이 하늘이 있고

나뭇가지가 무늬를 만들어서 무어라고 알파벳 글자처럼 얽혀 보이는데

뭐라고? 안 들려, 안 들려서,

지금 물 밑으로 다시 들어가,

그럼 다시 통화하자, 언제? 나중에!

혈연들

자클린느 뒤프레
실비아 플라스
윤심덕
그리고 나, 혜석
프리다 칼로
앤 색스턴
전혜린
이연주
까미유 끌로델
최승희
(사람들은 이상하게 나와 최승희를
혼동하곤 한다, 며칠 전 택배아저씨도, 최승희 씨 계시
냐고,
나, 승희,
최, 혜석)
언니들, 구름의 태에서 나왔다가,
절정의 돌 위에 머리를 박고 굴러떨어져,

물속까지 기어코 도달한,

아름다운 난파,

드디어 바닥의 첼로,

해저의 수초들 가슴에 엉켜 출렁이고,

입 안 가득 조개껍질,

바다보다 더 깊은

바다의 첼로,

클라라 슈만도.

사랑은 ㅇ을 타고

사랑은 움직인다
사랑이 동그란 바퀴를 타고 있기 때문에,
당신밖에 할 수 없는 일,
사람에서 ㅁ을 깎아 ㅇ을 만들어서
..... ㅇ .... ㅇ .... ㅇ ..... ㅇ .... ㅇ ......
동그란 바퀴는 구르고 움직이며 때로 미끄러지기도
한다,
　ㅇ .... 굴렁쇠 ...... 사랑은 누군가의 목을 조이기도 하고
들판 밖으로 나가 굴러 널브러지기도 하고
정착을 모르고 여기저기 쓰러지기도 하지만
깊고 찬 우물, 광야에서 발견한 우물의 ㅇ

아리랑 .... 쓰리랑 .... 이란 말도 그렇다,
그런 말이다,
마음에 바퀴를 달고 있다는 것이다,
　시베리아 남부지역, 바이칼 호숫가에 살고 있는 에벤
키족의 언어에서

아리랑(alirang)은 '맞이하다'는 뜻을,

쓰리랑(serereng)은 '느껴서 알다'는 뜻으로 사용되고
있다고 한다,

영혼을 맞이해봐라

이별의 슬픔을 참아봐라,

아리랑 쓰리랑 두개의 바퀴를 타고 가서, 나아가서,

찬 새벽 사막에서 우물 ㅇ을 만나봐라

마음을

..... ㅇ .... ㅇ .... ㅇ ..... ㅇ .... ㅇ ...... 에 올려두고

일평생 미끄러져봐라

앉아 있는 사람에서 ㅁ이 ㅇ이 될 때까지

둥글게 둥글게 모서리 뼈를 깎아봐라,

ㅁ이 ㅇ이 될 때까지 아리 아리게 쓰리 쓰리게

뼈를 깎는 그 고통이 지나야만

웃는 웃음 ㅇ이 바퀴를 굴려 나가리니

깊고 찬 우물, 광야에서 발견한 우물의 ㅇ

당신밖에 할 수 없는 일,
어떤 사막에서도 멈출 줄 모른다,
사랑은 ㅇ을 타고 있기에

빨랫줄 위의 산책

빨랫줄 위를 걷는 것이다,
구름 위에 걸린 빨랫줄을 걷는 심정으로,
위기를 과장하지 않으면서
위기를 미학화하는 사업에 나는 필히 골몰하고 싶다,
필생의 사업이라면 이제 그것이 대문자로 대두되는
세월
시인의 사업이라면 필경 가내수공업 수준이겠지만
그런데 말이다, 그것이 만만치 않은 우주적인 함량을
지녔다는 것이다,
이 반달리즘 자본의 세월 속에서
못 먹고 못 입고 지지리 궁상인 극빈의 연필심처럼
앙상하게 마른 시인이라는 동물이
자기 손금을 파서 우물을 내고 그 위에 빨랫줄 같은
한그루 몽환의 무지개를 심으면서
빨래를 미학화하고 극대화하고 있다는 것,
크리스털 워터보다도 인디언의 물 애로우 헤드보다도
더 아름다운 생수를 자기 손금에서 파내면서

그 분출로 이루어진 무지개의 빨랫줄 위를 걷고 있다
는 것,

이런 것이야말로 역사적인 일이 아니냐,

안심하라, 내니 두려워 말라,*

무지개 위의 구름보다도 더 우아하고 절실하게

피를 머금고 수반 위에 피어난 글라디올러스,

주렁주렁 매어달린 숙명의 측량할 수 없는 홍염,

동대문 의류시장에서 장사를 하던 내 친구의

시체가 서해 바닷가 어느 모텔에서 발견된 날,

세상에 보호자가 없어도 그렇게 없어서

내가 빨랫줄에서 내려와 경찰서 안치실에까지 불려갔
는데

나 캄캄한 극장에서 불이 난 것과 같았어,

허무처럼 간단한 것이 없더군, 허무처럼 간단한 것이
좋아,

그런 표정으로 구름 위에 누워 있는 그녀,

빨랫줄 위에서 왜 좀더 버티지 못했어, 왜 그렇게 추락

했어,
　울고 싶어도 울 수가 없고
　날고 싶어도 날 수가 없어,

　우아하게 살기로 한다,
　구름 위에 걸린 빨랫줄을 걷는 심정으로,
　밤마다 지하주차장 벽에 차를 박아도
　빨래를 미학화하는 사업에 나는 필히 골몰하여야 한다

　＊「마태복음」14장 27절 중에서.

파세라(passera)

날 잡지 마,
난 흘러갈 거야,
존 레논이 어느날 신문을 사러 나갔다가
다시 돌아오지 못한 것처럼
파세라, 날 잡지 마,
난 흘러갈 거야,

오노 요오꼬, 당신이 누군가, 누구든지 뭐든지
번쩍이는 것은 다 당신은 오노 요오꼬,
당신이 날 잡아도
난 흘러갈 거야,
둥근 장미꽃잎 겹겹 따스한 신화를 감춰두고
파세라, 추운 벌판으로 신문을 사러 나가야지,

난 흘러갈 거야,
내 영혼의 블랙홀을 걸고 맹세해,
신문을 사러 나갔다가 카푸치노도 한잔 마시고

인생은 카푸치노 같은 것, 거품이 많지만 그러나 따스
한 것,

파세라, 날 잡지 마,

가을은 오는데

무지개의 약속

무지개를 보았니,
정맥이 파랗게 튀어나오고 울퉁불퉁한 두 팔을 가진
한국의 노동하는 여인들이
시퍼런 물에 공들여 세탁한 고운 천들을 걸어놓은
높은 빨랫줄이야,
거기 색색이 펄럭이는 채색 붕대들을 보았니,
심장의 유혈을 막으려고 여인들의 심장 속에 말없이
뭉쳐놓았던
몇천 톤의 붕대들이
푸른 하늘을 배경으로 그렇게 채색층층 하늘하늘 걸려
있어,
무지개를 기억하지,
어떻게 가슴속의 붕대들이 거기까지 도달할 수 있었
을까,
얼마나 많은 몇천 톤의 여인들의 심장에서
얼마나 많은 몇억 광년의 피 묻은 붕대들이 끌려나왔
다는 것일까,

그렇게 멀리까지,
그렇게 높이까지,
아니, 더 갈 수 있었는데도
꼭 그만큼 중천에 멈추어 둥그렇게 서서
수려한 이마를 숙이고 지상을 내려다보고 있는
참 깊은 채색 고운 마음 같은 눈썹

빨래가 날아가 하늘에 걸렸던 것은 날갯짓을 했던 까
닭이다,
어느날 혹은 바람이 빨래를 떨어뜨릴 수도 있었지만
떨어뜨리는 이유는 울퉁불퉁 피투성이 날갯짓을 하라
는 거다,
다시 올려 색색 고운 채색으로 하늘에 심으신다는
무지개의 약속 그 때문이다

가슴 위에 피아노

가슴 위에 얹어두기에 피아노는 조금 무겁다는 생각이
들지 않는가?
휘황찬란한 검은색이 위계적이라면 조금 위계적인데
법전처럼 번쩍거리면서도 움직이지 않는 피아노,
움직이지 않는 그 아래 아무튼 순장되는 사람들은 많다,

하얀 돌들이 타오르고
수증기 한점 안 나는, 비등점을 넘은 열의 고요한 극한
선상,
아즈테카의 태양 제물 피와 소금이 여자의 손금 속으
로 들어가고
비등점을 넘은 하늘 푸르고 고요히 끓어
유서 한장 날아가지 못하는 숭고한 정지,
충만의 해일이 넘실대며 꿈틀거리던 심장 꽃밭에
거의 피 한방울 남지 않은 소진의 날,
소화 테레사 수녀가 심장병으로 쓰러졌을 때
환상을 타고 예수님이 오셨다,

잘생긴 청년 예수, 말없이 자기 가슴으로 손을 가져가
피 흐르는 심장을 꺼내,
소화 테레사의 가슴속에 넣어주셨다,
보혈이 뚝뚝 흐르는 피 묻은 심장은
불같은 충동으로 서로에게 파고들었다,
말이 필요 없도록
긴밀하게 녹아들면서 두개의 심장은 하나의 심장이
되고
두개의 피는 하나의 피가 되고,
말이 필요 없도록
이윽고 그렇게 아름답고 풍요로운 불의 발전소가 꽃피
신 것이다,

프리다 칼로의 링거 바늘에서 뚝뚝 새고 있는 핏방울이
그녀의 멕시코 원주민 치마에 열대꽃들을 수놓고 있
을 때
처녀 프리다는 아직 한번도 낙태한 기억이 없다는 듯

그 화려한 치마폭에 뜨거운 심장 꽃송이들을 용접하고
있을 때
　이윽고 그렇게
　피아노
　둥둥

제2부

시집가는 여자의 불

불을 갖고 시집을 왔더래,
화로에다 불을 갖고
머리에다 이고서 시집을 왔더래,
그래갖고는 불을 사르고 그랬더래
꺼뜨리면 안된다 해서
애지중지 불을 지켰는데
불이 그만 꺼져버렸더래
애지중지 불을 지켰는데
불이 그만 꺼져버렸더래
불을 얻으러 집을 나왔더래
저, 불 좀 주세요
눈빛에서 불이 쑤욱 빠져나갔는데
가슴에다 화로를 껴안고
저, 불 좀 주세요
화로에다 가슴을 껴안고
저 불 좀 주세요
가슴에다 화로를 껴안고

얼굴에다 화로를 껴안고 집으로 오고 있었더래
화로 안에 넘실넘실 불이 담긴 것이 너무 좋아
가슴에다 화로를 껴안고
화로에다 얼굴을 껴안고 집으로 가고 있었더래
집으로 가다가다 다 못 가고
뜨거, 뜨거, 앞섶 젖가슴 허파 심장 막 타오르고
넘실넘실 그만 불에 다 먹혀버렸더래
화로도 놓치고 불도 놓쳐 그만 불을 놓친 여자가 되어
실화의 여자, 그만 한그루 불이 되어
넘실넘실 막 걸어가고 있었더래

여자의 지중해

대보름날, 걷기 시작한 것이 어떻게 한강변에 닿아 언
덕에 섰다,
달은 크고 둥글고 단물에 흠뻑 취해
단 한번의 달꽃으로 피어나고 있는 중이었다,
지중해, 언제나 그 말은 꿈을 주었는데
여자의 지중해,
보름달은 그런 말을 생각나게 하였다

달의 뒷모습을 본 적이 없었는데
그때 임종 직후 혼자 버려져 있던 그녀의,
초고속으로 졸아붙은 울퉁불퉁 검은 뒤통수가
달의 뒷모습이었을까,
지중해, 여자들이 몸 속에 하나씩 가지고 있는
지중해라는 슬픈 사랑

보름달 아래서 달집을 태우는 사람들이 있었는데
한해의 액운을 가지고 말없이 타올라

재앙을 한몸에 거머쥐고 홀로 떠나는 달집의 지푸라기
에서
　　화장터에서 고독하게 타오르고 있던
　　시어머님의 마지막 모습이 떠올랐다

　　그렇게 조상들은 자손들의 달집으로 태워져야 하는 것
인지도 모른다,
　　나도 어느, 날, 어, 느, 어, 느, 고, 유, 한, 날,
　　이 땅의 액운과 재앙들을 한몸에 거머쥐며
　　다시는 되풀이될 수 없는 불의 춤을 그으며
　　달집인 양 타서 가야 하는 것인지도 모른다
　　달집인 양 타서, 가서, 달빛의 풍요에 몸을 보태야 하는
건지도 모른다

　　한방울의 눈물이 몸 안의 지중해를 일으킨다,
　　일렁이는 지중해는 높이 파도쳐올라
　　달의 손에 닿으려고 혼신으로 물의 날개를 퍼덕인다,

달은 오늘 다 되었다, 저 언덕에 이르렀다,
오늘 달은 다다, 다 왔다,
나의 지중해는 오늘 달에 닿으려고
심장의 두 꽃잎을 북으로 가득 두드리고 있다

시베리아 폴로네이즈

신비에 가득하며
조금 어둡고
몸이 떨리는 듯한……
쇠사슬에 묶인 채
시베리아로 유배당하며
괴로워하는……

겨우
아무것도 아닌 것이
겨우 아무것도 아닌 것같이
간신히

신이 감춰둔 사랑

심장은 하루종일 일을 한다고 한다
심장이 하루 뛰는 것이
10만 8천 6백 39번이라고 한다
내뿜는 피는 하루 몇천만 톤이나 되는지 모른다고 한다
지구에서 태양까지의 거리가 1억 4천 9백 6십만km인데
하루 혈액이 뛰는 거리가
2억 7천 31만 2천km라고 한다
지구에서 태양까지 두번 갔다올 거리만큼
당신의 혈액이 오늘 하루에 뛰고 있는 것이다
바로 너, 너, 너! 그대!

그렇게 당신은 파도를 뿜는다
그렇게 당신은 꺼졌다 살아난다
그렇게 당신은 달빛 아래 둥근 꽃봉오리의 속삭임이다
은환의 질주다

그대가 하는 일에 나도 참가하게 해다오

이 사업은 하느님과의 동업이다
그 속에서 나는 사랑을 발견하겠다

미스터 엄마

어쩌다가 저렇게 망가졌을까,
이마엔 정맥이 물컹물컹 돋아나고
손등엔 모래사막을 거느린 알타이 산맥 같은 힘줄이
불끈불끈,
엄마는 왜 저렇게 험악하고 향기가 없나

흰 눈을 마구 짓밟으며
김장독을 들고 땅구덩이에 묻으러 가다 막무가내 엎어
지며
진흙 속의 햇빛을 꽝꽝 밟아 급기야 때려눕히는 그녀,
난자의 아름다운 우아함이라고는 전혀 사라진……
엄마라는……

콩, 옥수수, 치즈 듬뿍, 고운 두부 그라탕 접시를 밀쳐
내고
감자탕 속에 벌겋게 물든 돼지뼈를
발라먹고 있는,

똥 묻은 환자 기저귀를 빨랫방망이로 진탕 두들겨
사방으로 똥이 튀어 날아가게 만드는,
엄마라는 이름의

미스터……
종군기자와도 같은 하루

아파트 속의 텐트

당신과 나는 아파트에 살아요
현대아파트 입주민이에요
아파트 거실에 하얀 텐트를 쳤어요
그러자 우리는 아파트 입주민인 동시에
게르의 유목민이 되었어요
말과 소, 사슴과 낙타들 속에서
— 말들이 쉬도록 내버려두어라

텐트 안에 게르가 서자
작은 신전 하나와 나무를 때는 작은 난로,
야크의 털이나 말의 꼬리털,
원색의 색실과 짐승 가죽, 금속으로 치장한 화려한 말
안장으로
실내장식을 한 오밀조밀한 집이 생겼어요,
게르가 서자 초원이 생기고 보랏빛 노란빛 야생화도
꽃피고
초원이 생기자

살가죽에서 피가 숭숭 배어나올 때까지 달렸다던
몽고말들도 왔어요

오땅 오땅 호르똥 호르똥
말이나 양 같은 방목하는 짐승들을 거느리고
오땅 오땅 호르똥 호르똥
다시 한번 말을 타고 초원을 달리지요
두개의 부싯돌은 부딪쳐야 빛이 나듯
그렇게 사랑했으면 좋겠어요
호흡하는 몸마다 바람이 부풀어
하늘까지 가는 돛이 되었으면 좋겠어요

쌩 레미 요양원

나에게는 친구도 없다,

폴 고갱 같은 잔인한 족속은 더러 있었지만

한그루의 해바라기와 불꽃처럼 타오르는 측백나무

이글거리는 황토빛 보리밭과 까마귀,

별이 빛나는 밤이 있을 뿐이었다,

어느 친구보다도 한번도 만난 적이 없는 오프라 윈프
리가 더 가깝고

누구보다도, 그 여자,

뉴멕시코에서 혼자 살다

꽃과 죽은 소의 하얀 머리뼈, 분홍 사막 언덕을 많이 그
렸던

그 여자, 누구지? 이름도 생각나지 않지만,

그 누구보다도 더 가까운,

이런 종류의 인류가 나의 친구다

엘리자베스 테일러가 소장하고 있는 「쌩 레미 요양원
의 풍경」이

1963년 소더비 경매에서
25만 7천 달러였으며 현재 천 5백만 달러라지만
정말 1889년 9월에서 90년 5월, 쌩 레미에서는 무슨 일
이 있었던가?
양귀비가 있는 들판에서
환각과 거듭되는 발작으로
오베르에서 권총을 가슴에 겨눌 때 누가 나를 보았던가?
'이 모든 것이 끝났으면 좋겠다'라고
나는 테오에게 말했다,
테오는 울기만 했다,
마지막 햇빛을 나는 바라보았다,

거기 있었다, 어두운 밤에 감자 먹는 사람들,
양배추와 감자가 있는 고요,
성경책이 있는 정물, 잡초를 태우고 있는 가난한 소작농,
누에넨의 어둡고 오래된 교회,
햇빛은 정말 아름답지만

이 모든 것이 어서 끝났으면 좋겠다고
나는 테오에게 말했다.

스트라디바리우스

스트라디바리우스가 명품이 된 이유는
17세기 어느 겨울,
그해 겨울이 너무 추워서
오그라든 몸
강추위로 나무들의 밀도가
너무 높아져서

레몬즙을 쥐어짜는 시간

레몬……이라고 말만 해도
입 안에 그득 고여오는 연둣빛 나는 노란색
그렇게 향그럽고
그렇게 쓸쓸하고
그렇게 시디신……

누구의 손이
누구의 머리에 닿아서
누구의 손이
누구의 뼈에 닿아서
누구의 손이
누구의 골수를 찔러서

세월이여, 레몬즙을 쥐어짜는 하느님,
뼈도 뼈 중에 가장 시디신 뼈,
살도 살 중에 가장 달디단 살,
피도 피 중에 가장 화려한 피,

그 모든 것들을 짜내시고
저으시고 흔들어 부어
손가락 사이로 흘러넘치게 만드시는

레몬즙을 쥐어짜는 시간엔
말이 없다, 레몬-타임
두 손에 힘을 더하고 더하며
눈을 감고 조용히 기다려라, 레몬-타임
끝까지 방울방울 다 나올 때까지
— 혼자 하지 마라, 레몬-타임
기다림은 하늘과의 동업이다

수련은 누가 꽃피우나?

수련은 누가 꽃피우나?
창백한 절벽의 이슬 모은 것 같은 흰빛 한봉지,
처녀 수태, 신경쇠약의 새벽,
물속에 빠져 죽은 여자들이 얼마나 많을 것인가?
침몰, 수몰……
바닷속까지 갔는데 거기 용궁이 없어서
용궁이 없어 무서워서
떠오르려고 다시 떠올라보려고
물에 빠진 여자들의 발버둥치는 사랑이 밀어올린,

빛이 있을 동안 걸어가라고 하서서

여보

사랑한다는 것
미워한다는 것
같이 살자는 것
같이 죽자는 것

손금이요
지문이다
같이 사는 동안
손금과 지문이 닳아졌네

배와 배가 만나야만 잉걸불이 탈 수 있는
배밀이 불새

오른쪽 심장

어떤 선을 지나면 하나의 심장만으로는 살아갈 수가
없다,

패벽(敗壁) 때문이다,

심장 벽에서 부슬부슬 마른 꽃이파리 가루들이 날리고

불나방 날개에서 오슬오슬 떨어지는 은박가루

또는 무슨 부스러기들이 좌우심방 통로를 가로막는다,

손, 손은 참 외롭다는 생각을 한다,

육체의 본토에서 가장 외따로 떨어져 있는 것이 손이다,

가늘어진 정맥으로 연필심 같은 피는 잘 공급되지 않
는다,

본토에서 떨어져나와 손은 참 외롭다,

가슴을 쓸어본다,

머리카락을 넘겨본다,

허공에 공연히 휘둘러본다,

재스민 향기가 어디선가 무성히 익었는데

손은 외롭다, 손가락 사이로 재스민 향기가 건반처럼
빠져나가고 있다,

저녁의 무게에 눌려 압축된
하나의 심장, 마른 풍금 건반을 다하여
저녁이면 풍선을 불어본다,
얼굴이 빨개질 때까지 풍선에 입을 대고
허파꽈리처럼 공기를 불어본다,
파아란 풍선이어도 좋겠다,
호박의 중심처럼 노오란 풍선이어도 좋겠다,
아니 홍시처럼 속까지 빠알간 풍선이면 더욱 좋겠다,
여러 색채의 풍선들을 거실 가득 불어서 둥둥 띄워놓고
손은 가득히 풍선 줄을 잡은 채
오른쪽 흉곽을 누르고 있다,
육체의 풍금 건반들 위로 색색의 풍선들이 너울댄다,
너울대는 그 자리 얼굴 없는 재스민 향기가 만개하고
십자가에서 피 흘리는 분
똑 똑 떨어지는 혈액이 번지고 번지고 또 번지고 더 번
진 자리에서
　풍선 줄 가득 잡은 손은

몽글몽글 피 비치는 줄탁(猝啄)의 고동으로 물결치고
있다……

암암리의 붉은 말

이봐요,
난 채식주의자예요,
난 채식주의자라고요,
채식주의자면 풀이나 처먹으며 조용히 처박혀 있으라
고요?
그래요, 난 채식주의자란 말예요,
왜냐고요?
침묵이란 연필심처럼 부러지기 쉬운 거라고
사이먼 앤 가펑클이 옛날에 말했잖아요,
난 채식주의자예요,
난 채식주의자란 말예요,
당신이 뭐라 해도 난 채식주의자,
아니, 난, 어쩌면 육식주의자들의 재판에 회부된
채식주의자인 거야.
그래서 이 육식주의자들의 세상에서
아니 이 식인주의자들의 세상에서,
뭐라고요? 식인주의가 육식주의 아니에요?

그렇지 않아요? 식인이면 육식 아니에요?

네? 뭐라고요? 안 들려요?

식인이면 육식주의자 아니냐고요,

네 그럴 거예요, 그래서 난 이렇게 살아요,

난, 아니, 채식주의자는 암암리에서 풀을 먹고 살아요,

나서고 싶은 생각도 없어요,

그러나 할 말은 해야겠어요, 이렇게 말을 하는 거예요,

난 채식주의자예요,

접시에 푸른 벌판이 있고

그 위에 푸른 들판이 놓이고

파아란 풀과 이슬과 푸른 잎사귀들,

아삭아삭 조금만 먹고

죄 짓지 말고 살자고

하느님이 가장 피곤한 7일째에 만든

이 망가진 도시에

탈레반은 무시로 출몰하고

아름다운 바미안 계곡의 석불들은 깨어지고

육식주의자들은　무시로　채식주의자의　푸른　접시를
깨고

　이봐요, 난 당신과 다른 사람이야.

　다른 사람.

　같은 사람이 아니라고 해서

　다 미치거나 자살할 필요는 없다고 봐요, 난.

　그러니 내 접시에 총을 겨누지 말고 저 멀리 떠나줘요.

　난 채식주의자란 말에요,

　채식주의자라고요. 네? 네? 네?

부부의 성

　당신과 나의 성(性) 사이에는
　너무 많은 국제정치와 사회상과 경제의 이면이 흘러가
고 있다,
　사랑과 성은 너무 많은 과부하를 받고 있다,
　이 침대, 허공에 장칼이 드리워져
　언제 몸과 몸 위로 떨어져내릴지 모르는
　이 중년의 침대
　성은 단지 성일 수만은 없다

　부시 대통령이 코이즈미 일본 총리와 텍사스 별장에서
만나는 사진
　영변 폐연료봉 8천개의 재처리 완료 소식
　이라크 아이들이 미군과 축구를 하며 웃고 있는 사진
　탈레반이 파괴한 바미안 계곡의 석불 잔해며
　부동산 담보대출 융자 이자의 상환기간
　종합소득세, 재산세, 부동산 취득세, 주민세며
　내년 봄 선산 이장 문제

기타 등등 너무 많은
등등, 기타

당신과 나의 성 사이에는
너무도 많은 신자유주의적 유교적 경제적 교육적 민족
적 과부하가 걸려 있다
사랑도 과부하가 걸려 있다
성이 단지 성일 수 있을 때
사랑도 사랑이 될 수 있고,
사랑이 단지 사랑일 수 있을 때
성도 성이 될 수 있고

허공에 장칼이 드리워져 언제 떨어질지 모르는
이 아슬아슬한 중년의 침대
신문지로 도배된 몸과 몸이
타임, 뉴스위크, USA Today로 도배된 침대 위에서
뒤척이다가 간혹 슬프게 만나기도 한다

구름 밥상

검은 리본이 둘러쳐진 영정사진 아래서
밥을 먹는다.
모란꽃 같은 구름이 밥상으로 내려왔다.
아니 모란꽃 같은 밥상이 구름 위로 올라갔다.
이 꽃 같은 구름 밥상,
어이, 어언, 어이, 그런 밥상.

검은 리본이 둘러쳐진 영정사진 아래서
밥을 먹는다.
모란꽃이 뚝뚝 지기 시작하는 밥을 먹는다.
흘러가는 밥상,
언제나 모든 밥상은 흘러가는 밥상이었다,
어이, 어언, 어이, 그런 밥상.

어느 화창한 날
어느 고유한 날
검은 리본 둘러쳐진 영정사진이 되어

나도 식구들 밥 먹는 것을
내려다보고 있을 때.
어이, 어언, 어이 그런 날.

피란 원래 구름으로 만들어졌고
정액도 원래 구름으로 만들어졌고
달도 원래 구름으로 만들어졌고
해도 원래 구름으로 만들어졌고
태초에 구름 밥상
어이, 어언, 어이……

법 아래서

가시오
서시오
대기하시오
일단 멈춤
우회
직진
비보호 좌회전
U턴
U턴 금지

口 속에서 사는 囚
口 속에서 쉬는 숨

물이 수증기로 바뀌는 순간

그 뜨거운 홀연
순간
그 미끄러운 순간
날씨처럼 항상 변하고 있는
천연,
어디에도 밑줄을 그을 수 없는
그 순간
아낌없는 순간
죽어도 좋은 순간

제3부

탱고 — 프리다 칼로

나는 프리다 칼로다 —
척추에 버스 철골을 끼고
전신마비 침대를 타고 나는 이 거리를 달린다,
빛이 직진하듯이 —

침대는 나의 마차, 사방에 오색 꽃이 피었고
천장에는 거울이 달린 빅토리아식 침대,
덜그덕거리는 거울 속에 흔들리는 나를 보며
나는 웃음 속으로 직진한다, 빛이 직진하듯이 —

달리는 과속에 거울은 깨어지고
직진하는 빛 속에 나는 프리다 칼로 —
수억 개의 초현실주의자 —
뉴욕 빌딩 위에 휘날리는 멕시코 치마 — 그러한 빛의
탱고

넝쿨장미

말 못하는 자의 혀는 스스로 달려나갈 수밖에 없다
타오르는 긴 혀가 유월 햇볕 아래로 달려나가고 있다

참담하다
엇갈리다

피 점점 뇌수 햇불을 받쳐들고 눈감고 달려가는 첩첩
도망자의 꽃

세상의 모든 재들

나는 존재하지 않는다 —
그렇게 생각하고
아르헨티나 부에노스아이레스쯤 가서
옷가게를 하거나 그 가게 뒷골목 같은 데서
야채가게나 세탁소를 하며 살 수 있을 것 같다,
낡고 병든 페루인들의 옷을 세탁하다가
어느날 손님의 양복 주머니 속에서
이런 쪽지를 발견하게 될지도 모른다,
나는 존재하지 않는다 —
그렇게 생각하고
안데스 산정으로 올라가서
크고 기괴한 여러 보랏빛의 감자를 키우는 인디오 여
인이 되어서
불을 피운 돌덩어리 아래 감자와 양고기를 놓고
불쏘시개를 뒤적이고 있을지도 모른다,
얼굴에는 피와 불과 연기,
감자와 양고기를 다 먹고

달구어진 돌덩어리를 치울 때에

재 위에 누군가의 손가락으로 쓴 글씨들을 발견하게 될지도 모른다,

나는 존재하지 않는다 ─

그 따끈따끈한 광야의 글씨를 가슴에 품고

거룩하게 돌 위에 엎드리면

예배는 그것으로 충분하고

세상의 모든 선이 합심하여 아주 조용한 재를 이루리 라 ─

이만하면 잘 살았다, 휴우 ─

말하며 온화한 재는 아주 조용히 미소지어라

웃음의 범위

이것이냐 저것이냐
이것도 아니고 저것도 아니고
웃음은 아마도 그 둘 다이고
아마도는 아니고 그래서 그래도(鳥)

웃음은 흑도 아니고 백도 아니고
내과도 아니고 이비인후과도 비뇨기과도 심장 내과도
아니고
아닌데
상하도 아니고
좌파도 아니고 우파도 아니고
아닌 것 그런 것
아니어서 그런 것

이것도 아니요 저것도 아니요
선도 아니고 악도 아니고
진실도 아니고 거짓도 아니고

그것보다 진실로 울음보다 난해한 것

인생이 울음처럼 쉬웠으면 좋겠지만

시각도 아니요 촉각도 아니요 후각도 아니요 청각도
아니요

미각도 아니요

천연두도 아니고 장티푸스도 아니고

웃음은 선유도 무의도 그래서 그래도(島)

그런 그런 섬 이름

진실 혹은 거짓

승리 아니면 패배

둘 중 하나가 아니고

둘 다 모두—

웃음은 제3의 길, 가브리엘 천사

당신이 무언가를 배고 있다는 수태고지

신을 밴 당신, 아, 당신?

랩소디 인 블루

언젠가 나는 죽어 있다
오랫동안, 나는 죽어 있는 데 익숙하다
나는 내가 있는 어디에서든
수년간 무엇에 사로잡혀 있는 동안에든
내가 죽어 있다는 데
동의한다
수천년 뒤 텍사스의 어느 사막에서
하늘을 바라보는 하나의 시선으로 나는 되돌아온다
나의 시선은 그 커다란 하늘과 지평의 사막에다
무궁한 랩소디 인 블루를 그린다
그러한 우울의 무궁동
수천년 같은 랩소디 인 블루를 그려야만 할
우울과 비애가 나에게 있다고는
말할 수 없다
언젠가 나는 죽어 있고
언젠가 나는 그렇게 죽어가면서 살아 있다

르네 마그리트의 하늘이나
마르크 샤갈의 거꾸로 선 신부의 환상 속 기절에서나
그런 곳에서부터
갑자기 블루는 굴러떨어지고
횡격막 아래 부상을 입은 비애의 첼로처럼
부상당한 블루를 질질 끌면서 절름대며 점 점 점
푸른 깃털을 떨어뜨리며 둔주하는 담쟁이덩굴
랩소디 인 블루
블루 속에 묘혈을 점 점 점 식목하며
진정한 시인이란 도망가는 사람이라고
진정한 사랑이란 도망뿐이었노라고
나의 가슴은 모든 어둠의 토지
빛과 나의 핏줄은 끊어지는 법이 없는 것
나의 가슴은 그렇게 모든 어둠의 토지
수천년의 랩소디 인 블루가 끌고 가는 힘겨운 상승 완
만 곡선

메두사의 여름

불꽃을 만져보지 않아도
불이 뜨거운 것은 누구나 안다.
얼음을 만져보지 않아도
얼음이 차가운 것은 누구나 안다.

—그럼에도

불꽃이 또아리 틀고 있는 한덩어리 얼음을 맨손으로
잡았을 때
　얼음이 불꽃으로 튕겨지며 척추가 으스러지고
　피와 살이 튀고
　뜨거운 뱀 얼굴을 얼키설키 거느린
　검은 메두사의 얼굴이 치렁치렁 눈앞으로 튀어올랐고
　순간 눈이 멀었고
　몸이 굳었고

아담아, 네가 아름다운 동산의 그 사과를 땄느냐?

아니요, 저…… 제가 아니고…… 이브가 뱀과 내통……

아담아, 네가 그 사과를 먹었느냐?

아니요, 저…… 제가 아니고…… 이브가

뱀의…… 빠져…… 사과를 먹으면 눈이 밝아……

아담아, 네가 사과를 먹었느냐? 안 먹었느냐?

네 목을 만져보거라, 먹다가 들켜 네 목에 걸린 아담스 애플……

아니요, 저…… 그건 제가…… 그게 아니고……

이브가…… 이브 때문에…… 이브! 이브! 이브!

보지 못하는 눈앞에

보지 못하는 음성들이 난무했고

아담아, 이리 오너라,

증거를 꺼내기 위해 아무래도 네 목뼈를 분질러놓아야 하겠다.

오, 주여, 제발……

목뼈를 분질러서라도 증거를

흰, 펄펄, 나비

흰 펄펄 나비
비가 우거져 있다
물속에 유리막대를 꽂으면 막대가 휘어져 보인다
그렇게 나를 바라보면 나도 휘어져 보일 거다
흰
펄펄
나비
나 그렇게 비를 맞고 있어
나비,
나, 비,
젖은 신문지 같은
날개 한쌍으로 휘어진 세상 들고
빗속에
흰
펄펄
나비,
나, 비.

무지개 구렁이 같은

징그럽게

아름다운

흰

펄펄

피안

피, 안.

나는 그렇게 들었다

이 운동화의 얼룩이 아무래도 지워지지 않는다,

아들은 열다섯살,

아무리 문질러도 지워지지 않을 얼룩을 막 묻히고 다

닐 때다,

표백제에 담가놓고 잠시 목욕탕 타일벽에 이마를 댄다,

운동화라니, 이만한 크기의 운동화라니,

들길에 떨어진 그런 운동화를 본 적이 있다

효순과 미선은 그날 들길을 걷고 있었다

학교가 끝나고 집에 가는 길이었다

들길 가에는 질경이, 명아주, 미나리냉이, 돼지감자 풀

꽃 들이

희고 노오랗게 피어 있었고,

효순과 미선은 들꽃을 보며 길을 걷고 있었다,

파란 하늘 아래 하이얀 구름, 사랑이 그렇게

막 움터오르려는 봉긋한 젖가슴

미 2사단 소속 운전자 워커 마크 병장은
장갑차를 몰며 경기도 양주군 광적면 56번 지방도로를
가고 있었다,
오른쪽 시야가 제한되어 있었고
커브길을 돈 뒤 선임 탑승자가 소녀들을 발견하고
경고 무전을 보냈으나 듣지 못하였다,
편도 너비 3.7m에서 너비 3.65m의 장갑차를
운행했던 지휘체계의 실수를 인정은 했다,
비극적인 사고였다,
맥도널드 참모장은 그렇게 말했다,
한미 합동조사 결과 누구에게도 과실을 물을 수 없다고
미 2사단 공보실장 브라이언 메이커 소령은 말했다,
수사는 종결되었다고
미 2사단 채양도 공보관은 말했다

나는 그렇게 들었다,
캠프 레드클라우드여,

이 소녀들은 들길 위에 선명한 핏자국과 오른쪽
운동화 한짝을 남겼다,
그리고 6월 15일 벽제 화장터에서 한줌의 재가 되었다,
나는 그렇게 들었다

목욕탕 타일벽에 이마를 묻고
표백제에 아무리 담가놓아도
지워지지 않는 운동화 얼룩에 대하여
떨칠 수 없는 역사에 대하여 생각한다,
처음엔 불그스레했던 것이 차츰 푸르스레해졌는데
신생아 아들 엉덩이에 퍼져 있던 몽고반점 같다고
어쩐지 그런 생각이 떨쳐지지 않아
차가운 타일벽에 이마를 묻으며
희망이라는 것이 병이 될 수 있는 나라도 있느냐고
쾅쾅 나는 그렇게 들었다.

빨래집게

해양성 기후로 변한 듯 투명한 봄날 오전.
죄도, 죄지은 자도 모두 외출나간 것 같은.

마당에 널린 빨래들에 관해 잠깐 바라보았다.
빨래집게에 죽어라 매달려
이빨 없는 입으로 햇빛을 먹어라 ─ 포만하고 있는 저
빨래들
빨래집게에서 떠날 수는 없다
빨래집게더러 떠나라고 할 수도 없다
빨래집게에서 떨어뜨리면 더 큰일날 것 같다
저 빨랫줄과 빨래집게의 관계
저 빨래집게와 빨래의 위험한 양상

거기에 네 팔이 하나 떨어져 있다.

논 거울

길을 잘못 들었을 뿐만 아니라 운전까지 잘못하여
논두렁 속으로 한쪽 차바퀴가 빠지고 말았다.
어젯밤 내린 폭우 탓으로
논두렁은 강철처럼 미끈미끈하였다.
논두렁에 처박힌 차바퀴를 끌어내려고
바퀴를 들어올리다가
발을 헛디디는, 아니 그 미끌미끌한 그놈의 진흙 때문에,
논두렁 속으로 온몸이 처박히고 말았다.
원하지도 않았는데 흙 속에 얼굴을 파묻었네.

미친 것처럼 항의하며 일어나려는데
미끌미끌한 논두렁 아래 진흙 때문에
다시 한번 논 속으로 얼굴을 파묻으며 엎어지게 되었다.
몸에 진흙이 묻는 게 싫었는데
얼굴에 진흙이 묻는 건 죽기보다 더 싫었고
왜 그렇게 진흙을 무서워하는 건가.
이마와 콧등과 입에 진흙을 바른 채 눈을 뜨며 고개를

들었을 때
　물끄러미 논물을 들여다보는 눈동자가 보였네.
　고요한 눈동자. 외국인보다 더 낯선 진흙빛 눈동자.
　논물 속으로는 외국 같은 하늘이 흐르고
　논물 속으로는 외국 같은 구름이 흐르고
　논물 속으로는 하나의 얼굴, 푸른 어린 벼들 사이,
　진흙빛 이방의 얼굴이 하나 떠 있었네.

　이 진흙빛 얼굴,
　선악과를 따먹기 이전의
　진흙빛 얼굴을 논물 속으로부터
　고요히 건져올리고 있는······

결혼식 차와 장례식 차

질주하는 자유로다.
나의 자유가 이렇게 존중되는 날이 있다니.
푸른 하늘 아래 글썽이도록 벅찬 이 자유!

빨간 풍선 파란 풍선 노란 풍선 들을 매달고
하얀 결혼식 자동차 한대가 앞으로 끼여든다.
질주하는 자동차 앞뒤로
색색의 풍선들이 빗발치듯 손을 흔들며
……공항으로 도망중이다.
매달린 깡통들이
푸른 바람 속에서 손뼉을 치며
불현듯 눈앞에서 쏜살같이 사라진다.
……도망중. 그렇게 도망중.

하얀 바탕에 검은 줄을 친 장의차 한대가
옆 차선을 달리다 갑자기 내 앞으로 끼여든다.
끼여들기를 하는 장의차는 처음 보았다,

아니 장의차는 항상 끼여들기를 하는 차인지도 모른다.
하얗고 노란 국화꽃 화환들이
유족들의 눈동자처럼 나를 빤히 내려다본다.
그 눈길을 생각하고 있는데
어디선가 파란 풍선 빨간 풍선 노란 풍선 들을 매달고
하얀 결혼식 자동차 한대가 또 앞으로 끼여든다.

장의차, 결혼식 차, 내 차 —
이런 순으로 한참을 달리는가 했더니
어느새 검은 바탕에 하얀 줄을 친
장의차 한대가
결혼식 차와 내 차 사이로 또 끼여든다.
이제 결혼식 차, 장의차, 내 차 이런 순으로 잠시 달리다가
금세 뒤죽박죽이 되어
누가 누구 차를 추월했는지
누가 누구 차를 따라가는 것인지……

자기 차선만 바라보면서 꾸준히 가도록 한다.

하나의 결혼식이 많은 장의차를 낳는지
하나의 장의차가 많은 결혼식을 낳는지
앞서거니 뒤서거니
그렇게도 끼여들기가 출몰하며 도망하는 자유로 풍경.

제4부

뚱뚱한 모나리자

어마어마한 살덩어리
막을 수 없는 중식의 반죽덩어리
물속에서 퉁퉁 불은 듯한
부풀어오른 얼굴에 손가락을 넣어봐
밀가루의 무저갱으로 아득히 빨려들어가는 손가락
야식중후군일 거야
몽유의 발걸음은 냉장고 속으로 출렁출렁 빨려들어
가고
해적선, 밤의 약탈로 메워지는 입,
통닭 한마리를 밤에 혼자 다 먹었다니까
먹은 기억은 못하지만, 아침에 쟁반에 수북한 닭뼈들,
그것과 출렁거리는 뱃살만이 유일한 증거,
낮이면 하얀 실크에 십자수를 놓는 얌전한 수예가인지
도 몰라
한밤중엔 머리를 풀고 먹을 것을 찾아다니는 폭식증의
여자
미소, 어두운 심해의 우울증에서 뻗어나오는 방만한
미소,

무시무시한 살덩어리가 움직이는 출렁거리는 비만의
미소,
몸을 증오하고 먹음직스런 세상의 모든 것을 증오해야
하는,
파묻히고 싶은, 매몰의 죽음충동을 일으키는,
뚱뚱한 여인의 환상의 끝은
매몰,
함께 죽자고 할 수는 없을 거야,
함께 죽을 순 없을 거야,
뚱뚱한 매몰의 끝은 천국인지, 지옥인지,
나는 숨쉬고 싶다,
뚱뚱한 턱과 산맥만큼 부풀어오른 가슴에 파묻혀
숨이 턱밑까지 차오르고 다리가 후들거리는 모나리자,
야식증의 어마어마한 모나리자,
간신히 숨쉬는 모나리자

비만 진료소 벤치에 앉아 있는 미소의 어머니

야간분만 야간비행

야간분만이나 야간비행이란 말에는
피가 묻어 있다
피를 묻힌 채로 울고 있는 무수한 얼굴이 들어 있다
얼굴마다 부서진 날개 파편 그득 차고
비행 착각으로 하늘과 바다를 혼동하여
바다로 고도를 날려버린
야간비행의 죽음은
야간분만의 혹독한

신은 상상임신이라도 좋다
상상임신 끝에 어느 야간분만의 밤에
울부짖음을 통한 시

태어나고
싶
다
고

장미어화넘차날자고

핏방울줄

배꽃을 위하여

아스피린, 아달린, 아스피린, 아달린, 맑스, 말사스, 마도로스……

아스피린, 아달린, 아스피린, 아달린, 맑스, 말사스, 마도로스……

그렇게 속삭이며

배꽃들이 피어나고 있다

아스피린, 아달린, 아스피린, 아달린, 맑스, 말사스, 마도로스……

아스피린, 아달린, 아스피린, 아달린, 맑스, 말사스, 마도로스……

그렇게 되뇌며

배꽃들이 달빛 속에 떨어지고 있다

새벽 몇시인지, 시계의 시침과 분침과 초침 사이

길을 물어도 길이 없고

거실 마루 하얀 배꽃처럼 희푸르스레한 빛의 폭포 아래

아버지가 소파에 누워

텔레비전을 켜놓고 보고 계시는데

아버지, 아버지는 십년 전에 돌아가셨잖아요……

시인 고정희가 뱀사골 강물에 빠져 죽던 바로 그해
봄……

아버지……

아스피린, 아달린, 아스피린, 아달린, 맑스, 말사스, 마
도로스……

아스피린, 아달린, 아스피린, 아달린, 맑스, 말사스, 마
도로스……

정규 프로그램이 끝난 텔레비전에선

하얀 배꽃 같은 입자들만 방사(放射)될 뿐

형체 없는 브라운관 빛 속에 누워 계시는 아버지

지천명

지천명의 생일날 저녁이었다

미역을 찾으니 식칼 놓는 자리에 꽂혀 있고
식칼을 찾으니 냉장고 속에 들어 있다
북어가 세탁기 속에서 빙빙 돌아가고
파슬리 양배추 토마토가 장롱 서랍 속에
비누곽 위에 생선이
전자 오븐 레인지 속에 비누가
화분 속에 비타민이
세숫대야 물속에 소금이

(아, 이렇게 해방이 오고 있구나
세숫대야 물속에서 녹고 있는 소금을 누가 구원하리?)

핸드폰이 냉동칸 속에서 울리고 있을 때
자꾸만 울리고, 울리고 있을 때

너무나 오래 이름 속에 갇혀 있었다는 것
드디어 내가 내 바깥으로 나갈 줄 알게 되었다는 것,
이 폭소……
이름의 독재를 가로질러 이 방면(放免)의 풀밭을
날아서, 맨발에 구름과 이슬을 묻히고 이 새로운……
이 이름 붙일 수 없는…… 맨발에 구름을 묻히고서
웃으면서 날아
간다는……

치자꽃

어딘지 살결에서 죄의 기척이 느껴진다

어느덧 향기는 그렇게 어두운 죄와 의혹 사이에서 나오는 것

천리향 근처에 삼베옷 입은 여인들의 서성임이 있다

여자의 시간

달력 위엔 달이 있고
달걀이 있고
남편 달걀이 태어난 한여름의 사자좌가 있고
시아버지 달걀이 돌아가신 날이 있고
시어머니 달걀이 태어나신 날도 있고
아, 참, 축 결혼의 날도 있고
노란 국화 근조의 날도 있고
삼대봉사 조모님, 조부님, 증조모님, 증조부님
돌아가신 날들과 태어나신 날들까지도
임신중독증에 빠진 날들이 있고
산후우울증의 가위로 머리카락을 마구 잘랐던 날이
있고
친정아버지 돌아가신 날과
친정조부님 조모님 돌아가신 날들도
친정어머니 달걀 태어나신 날이랑
금빛 나는 해모수 아들이 나온 날이랑
이름 없는 달걀들이 낙태된 덧없는 날도 있고

빛나는 항공엽서 같은 딸이 나온 날이랑
아이들이 어, 어 ㅁ 마, 첫말을 건넸던 날이랑
아이들이 드디어 기저귀를 뗐던 역사적 날이랑
딸 달걀의 어여쁜 초경의 날이랑
홍역 같은 사랑의 날 감기 같은 사랑의 날들도

달력을 보면
해발 2천 9백km 히말라야 지점 같은
고산증 고독이 몰려오기도 하고
터질 듯한 만원버스 너무 붐빈다고 생각되기도 하는데
자궁 가족들의 연대기라
일렬횡대, 면면종대로 이어지며 패밀리 트리
한그루
여자의 시간
달이 있고
달걀이 있고
새해 첫날부터 임대가 완료되어 있고

흩어진 피들이 모이고 흩어졌다
다시 모이는

히딩크 가라사대

거스 히딩크 가라사대

네 어버이를 공경하고
네 이웃을 사랑하라,
살인하지 말고
도둑질하지 말고
간음하지 말고
거짓 증거하지 말고
남의 아내, 비복, 가축 따위 남의 것을 탐내지 마라,
내 이름을 망녕되이 일컫지 말고
내 앞에 다른 우상을 섬기지 마라,

살생하지 말 것이며
탐진치(貪瞋痴)를 버릴 것이며
소망과 믿음과 자비 — 그중에서
자비가 없으면 모든 소리가 꽹과리 소리에 지나지 않
을 것이며

사군이충하고 사친이효하고 교우이신하고
임전무퇴하며
살생유택하여
진성보리(眞性菩提), 실지보리(實智菩提), 방편보리(方便
菩提)
삼보리를 구하고
부처를 만나면 부처를 죽이고
조사(祖師)를 만나면 조사를 죽이고
견성하라, 자명등(自明燈)하라,
견성하라

우물 안의 개구리들
개골 개골 개골 아멘
개골 개골 개골 나무 관세음……

불을 들고 불을 찾는 사람은 누구인가?
밥은 벌써 다 익었는데

─모든 부처는 어디로부터 옵니까?

─동산이 물 위로 간다.

지금 우리 앞에 서 있는 이 이, 에이 맨, 아멘은 누구

인가?

거스 히딩크 가라사대

내 앞에서 네 불을 치우고

이제 밥을 먹어라.

대형 가라사대

대형 타자기가 머릿속에서 타, 타, 타,
난타하며 타오른다,
(요즈음엔 다 대형을 좋아해요.
대형이 아니면 소비자들은 쳐다보지도 않아요),
대형 타자기는 타, 타, 타,
머릿속에 글자를 난타하며 지나간다,
그 발톱자국 하나마다 피로 뭉개진 지구가 들려 있다.
황폐한 머리, 황폐한 잠, 황폐한 꿈의 육신,
황폐한 성냥이 핏속에서 울고
이 화재는 대형 화재다,
덤불숲이 타오르는 머릿속에서
온몸에 불이 붙어도 도망갈 방법을 추구할 수 없다,

너, 맞지, 너, 신자유주의지, 너 대형이지,
너만 남고 모든 것이 다 사라질 때까지
너는 육체에 타, 타, 타, 타자기를 찍으며
명령한다,

명령을 헤아리기만도 너무 벅차다.
불의 회오리 속에 앉아 타자기를 난타하며
(왜냐하면 그의 이름은 대형이니까)
숙제, 어제의 숙제를 오늘 하고
숙제, 오늘의 숙제를 내일 하는
숙제, 내일의 숙제는 모레, 아니 어느 장구한 세월 뒤에
내 푸른 무덤에나 와서 받아가거라,

이 타, 타, 타, 타자기의
(왜냐하면 그의 이름은 대형이니까)
노예 — 노예는 언제나 명령보다 늦게 도착하기 때문에
지각하는 것이고 노예인 것이니
이 대형, 신자유주의는
모든 사람을 타자로 타자기로, 지각하는 노예로 만들며
(왜냐하면 그의 이름은 대형이니까)
타, 타, 타, 타자기는 달려간다
거북아, 너는 이제 죽어도 토끼의 간을 가져올 수가

없다
　너는 안 보이는 대형 타자기에 난타되면서
　으깨지면서 죽어가든지

　아니면 소름끼치도록 대형을 사랑할 수밖에 없다

영원한 일요일

일요일인 줄도 모르고
내 몸은 벌떡 일어선다
시곗바늘은 새벽 4시 44분
두 팔을 비스듬히 벌린 채
일요일인 줄도 모르고
내 몸은 욕실에 들어가 샤워기 아래
심판을 받는 듯
머리칼 뚝뚝 찬 물매를 맞으며
물 물 물 물
물에서 비늘같이 미끈덩거리는 ㄹ이 벗겨져 떨어지자
물 물 물 물이
무 무 무 무
되는데
일요일인 줄도 모르고
내 몸은 무 무 무 무가
잔뜩 묻은 몸을 닦으며
일요일인 줄도 모르고
무 무 무 무가

아직도 남은 머리카락을
엘리베이터 거울에 휙 뿌리쳐서
거울에 무 무 무 무 자취를 조금 남겨놓고
액셀러레이터를 밟으며
골목길을 마구 돌진해나가는
내 몸은
일요일인 줄도 모르고
숨도 못 쉬고 달려가는데
달리는 ㅁ 안에 실려
ㅁ 같은 세상 ㅁ 안에 갇혀
숨도 못 쉬고
숨도 못 쉴 때 ㅁ이 바람에 걸려 떨어져서
수 수 수 수
수 수 수 수
일요일인 줄도 모르고
내 몸은 강변도로에 뒹구는

유령 배역

마리아 츠베타예바
실비아 플라스
윤심덕
나혜석
미쳐서 죽은 까미유 끌로델
프리다 칼로

언제나 그들이 더 가까웠다

어디에서부터 무엇이 잘못되었을까?

비탄에 잠겨 미친 듯이 춤을 추는 지젤

죽을 때까지 춤을 추었을 뿐이다

새벽밥

새벽에 너무 어두워
밥솥을 열어 봅니다
하얀 별들이 밥이 되어
으스러져라 껴안고 있습니다
별이 쌀이 될 때까지
쌀이 밥이 될 때까지 살아야 합니다.

그런 사랑 무르익고 있습니다

심장딴곳증(ectopia cordis)

인어가 물 밖으로 나와 걸어가는 것처럼
우리가 땅 위를 걸어갈 때
물 밖으로 나와 방울방울 피를 뿌리며 걸어가는 모든
해저의 것들에 대해
안에 있지 못하고 밖으로 쫓겨나올 수밖에 없었던
기막히게 아픈 심장 같은 것에 대하여
나는 노래하고 싶다
심장은 결국 하트 모양이 아니었고
차라리 피투성이 근육덩어리였다
어딘지 정육의 냄새가 풍겼다,
터널처럼 내 육체는 그만 아픈 심장을 견디다 못해 방
출하였고
밖으로 쫓겨난 심장은
이제 비밀한 단 한사람조차 숨겨줄 수 없게 되었을 때
구태여 물 밖으로 나와 걸어가는 인어라든가
샤갈의 그림 밖으로 끌려나와 바위에 머리를 박고
여지없이 중력에 추락하는 푸른 신부라든가

머리끝부터 발끝까지 척추를 뚫고 지나간 쇠파이프를
지닌

　프리다 칼로의 철철 흘러내리는 피의 성찬식이라든가

　그런 어처구니없이 아름다운 것들에 대하여

　안에 있지 않고

　바깥으로 나와

　아무나 손가락으로 쿡쿡 찔러보며 아파? 아프겠지?

　놀림받아 정신없이 걷는 심장의 여자라든가

　그래도 기도하며 걷는 여자라든가

　그래서 불타는 듯 꽃피우며 걷는 여자라든가

　맨발이 땅에 닿을 때마다 한땀 한땀 핏방울 뜨며 걸어
가는

　으리으리한 인어공주,

　그런 벙어리, 피의 자수가(刺繡家) 이야기라든가

피아노-포르테를 위한 연습곡*

냄비 속에 콩을 볶을 때
운명을 다하여 콩을 볶을 때
"푸르스름 녹두, 푸릇푸릇 완두, 조랑조랑 땅콩, 새까
만 서리태,
알록달록 강낭콩,
노릇노릇 콩나물콩, 올망졸망 쥐눈이콩, 불그죽죽 팥,
삐죽삐죽 까치콩, 둥글둥글 메주콩"
냄비 속에 콩을 볶을 때
넥타이를 참으며 불꽃을 견딜 때
"푸르스름, 푸릇푸릇, 조랑조랑, 알록달록, 노릇노릇,
올망졸망, 불그죽죽, 삐죽삐죽"
냄비 속에 콩을 볶을 때
운명을 다하여 불꽃을 높일 때
넥타이를 자르며 모가지를 놓아달라고
"밥에 넣는 밥밑콩, 메주 쑤는 메주콩, 콩나물 내는 나
물콩,
검다고 검정콩, 푸르다고 푸른콩, 누렇다고 누런콩,

네 눈 같은 쥐눈이콩"

냄비 속에 콩을 볶을 때

땅을 치고 울고 싶을 때

배꼽을 빼고 웃고 싶을 때

콩, 콩, 콩, 펄펄 튀며 무대 아래로 날아가고 싶을 때

다 콩이야, 다 콩,

콩, 콩, 콩,

그중 나는 튀면서 날아가는 메주콩이 될 테야

냄비 속에 콩을 볶을 때

맨발이 화상 입은 온몸이 되어 아, 아파!

아파서 무대 밖으로 튀어나가는 콩! 콩! 콩! 콩!

* 백남준의 1960년대 발표작으로 무대 아래로 내려가 넥타이
  를 자르는 등의 소동으로 잘 알려진 파격적인 작품.
• 따옴표 안의 글은 『다 콩이야』(도토리기획, 정지윤 그림, 보
  리 2005)에서 가져옴.

나는 반죽중

이것은 참회도 아니고 고백도 아니다,
그저 불안의 자서전……
나는 언제나 반죽중이었고,
어디에 나는 있었을까,
언제 나는 있었을까,
언제나 반죽중인 진흙이
물을 향해 가고 있거나
자기를 구워줄 불을 향해 가고 있거나
어느 때는 먼지, 어느 때는 연기, 어느 때는 향기의 오
른팔,
메마르고 견고한 명사를 사모해 아래로 가고 있거나
가끔은 천상을 향해……
그런 저런 과정중에 나라는 것을 얼핏 만나기도 했지만
황토를 향해 무작정 허물어지고 있는 몸통,
나비 날개가 설핏 돋아나고 있는 어깨,
중언부언, 뭐 그런 등등……의 어느 과정 속에
무지개에 머리를 감고 있는 나를 만나는 날도

눈썹 위에 지옥불을 피워놓고 있는 날도,

풍선이 둥둥,

너는 너무 단단해,

너는 너무 물렁해,

너는 너무, 너무, 너무…… 나도 종잡을 수가 없어,

너로 불리우는 나, 나는 단지 하나의 명사,

그 고유명사에 매달려 거미줄을 짓고 있는 음산한 거미,

나는 나다, 나는 내가 아니다,

될 수도 없고 그런 것은 애초에 없었다,

밀가루 반죽을 코에 묻히거나

시멘트 반죽에 흉곽을 담그거나

뭐, 그저 그런, 과정중에서

풍선은 둥둥

우리는 스쳐감이었고

조립된 것은 반드시 멸하게 마련이고,

사랑도 미움도 그렇게 애초에 책임을 질 수가 없는

덧없는 내가 당신을 어느 과정에서 만났고

스쳤고,

십자가 위에서 모든 살과 피의 반죽이 다 쏟아져내렸듯

반죽중에 있는 진흙과 물이 얼떨결에 합쳐져

큰 바다에 다 녹아 흩어질 참 검소한 소금 반죽……

스티그마타*

　두 손과 두 발에 못 박히고 옆구리에서부터 심장까지
긴 창으로 찔렸다
　그 흘러내리는 다섯 자리 피 안에서
　얼마나 많은 사람들이 태어나고 있는가

　그 고통보다 큰 사랑은 없고
　그 못자국보다 넓은 우주는 없다

* 성혼(聖痕, stigmata). 십자가에 못 박힌 예수의 다섯 상처.

향연, 잔치국수

어수룩하게 넓은 국수 막사발에
물에 삶아 찬물에 헹궈 소반에 건져놓은
하아얗게 사리 지은 국수를 양껏 담고
그 위에 금빛 해 같은
노오란 달걀 지단 채 썰어 올려놓고
하아얀 달걀 지단 따로 채 썰어 올려놓고
파아란 애호박, 주황빛 당근도 채 썰어 볶아 올려놓고
빠알간 실고추도 몇개 올려드릴 때

무럭무럭 김나는 양은 국자로
잘 우려낸 따스한 멸치장국을 양껏 부어 양념장을 곁
들여내면
헤어진 것들이 국물 안에서 만나는 그리운 환호성,
반갑고 반갑다는 축하의 아우성.
금방 어우러지는 사랑의 놀라움,
노오란 지단은 더 노랗고
새파란 애호박은 더 새파랗고

빠알간 실고추는 더 빠알갛고

따스한 멸치장국,
아픈 자, 배고픈 자, 추운 자, 지친 자
찬란한 채색 고명과 어울려
한사발 기쁘게
모두 모두 잔치국수 한사발 두 손으로 들어올릴 때
무럭무럭 김나는 사랑 가운데,
화려한 한그릇의 사랑 그 가운데로 오시는 분
마침내 우리 앞에도 놓이는 잔치국수 한사발

(여자와 아이들을 제외하고 오천명을 그렇게 먹이셨다)
(오늘도 그렇게 하셨다)

융성한 식탁

소살리토의 노 변호사 신시아 옹의 집에 함께 모였던
그 예술가들을 기억하며

쟁그랑 쟁그랑 쟁그랑
와인 잔이 부딪친다
쟁그랑 쟁그랑 쟁그랑
부용산이 솟구친다

나는 정말 먼 곳에서 온 사람이다
당신도 정말 먼 곳에서 온 사람이다
나는 땅 끝에서 왔다
당신은 바다 끝에서 왔다

어느 고독의 달에서 왔는지 모른다
어느 절망의 별에서 왔는지 모른다
쟁그랑 쟁그랑 쟁그랑
머리 높이 잔아 부딪쳐라

붉은 포도주는 흔들어 부어 넘치도록 하고

쟁그랑 쟁그랑 쟁그랑
한번뿐인 부용산이 솟구쳤다 쏟아진다
연기로 맺은 꽃다발이 피다가 흩어진다

죽고 사는 일이 그저 따스하다

미제레레

성 금요일 밤
모든 촛불이 하나하나 꺼진다
어둠속에 남겨지는 사람들은
모두 홀로 어둠속에 남겨지는 사람이다
어둠속에 남겨진 사람들은
모두 홀로 무릎 꿇고 남겨진 사람이다
그가 꺾으신 뼈로 즐거워하며*
피아니시모
한 목소리가 모두의 목소리로
미제레레 메이(miserere mei)
이런 밤에
그분의 수난을 생각하는 사람들은
모두 홀로 그 수난이 된 사람이다
죄에서 시작하여 사랑과 긍휼과 자비를 구하는 사람
들은
모두 홀로 사랑과 자비와 긍휼이 필요한 사람이다
모두 목소리가 한 목소리로

한 목소리가 모두 목소리로
피아니시모
미제레레 메이
그가 꺾으신 뼈로 즐거워하며
팔레스트리나, 나니노, 알레그리**······
제사는 상한 심령의 입술로

* 「시편」 51장 8절 중에서.
** 이탈리아의 교회음악 작곡가들.

다성악으로 울리는 야성의 상상력

유성호

1

그동안 김승희 시학을 추동해온 수원(水源)은, 절망과
죽음이 편재하는 비극적 세계로부터의 상상적 엑소더스
와 구원을 꿈꾸는 역동적인 주술적 상상력이었다. 첫시
집 『태양미사』(1979)에서 최근의 『빗자루를 타고 달리는
웃음』(2000)에 이르기까지 이같은 '비극성'과 '주술성'의
충실한 결속은, 그의 시편들로 하여금 우리 시사(詩史)에
서는 매우 보기 드문 상상력의 활달함과 스케일을 견지
하게끔 하였다. 그의 시편이 추구하는 일종의 '야성'에 대
한 의지 역시 이러한 비극적 세계에서 탈출하여 구원에
이르려는 열망에 의해 구축된 것이다. 또한 그의 시적 형
식이자 의장(意匠)이었던 '광기'와 '아이러니'는 이러한 열

망을 구체화하는 시적 육체였다고 할 수 있다. 이때 그는 이러한 상상적 제의(祭儀)를 집전하는 샤먼을 자임하면서, 웃음과 재담 그리고 비속어 등을 통해 시적 카타르씨스의 경쾌함을 우리에게 전달해준 바 있다. 이러한 면모를 가리켜 일찍이 "천재와 광기를 분별있게 소유한 시인"(오탁번)이라는 지적이 있었음은 우리가 잘 아는 사실이다.

그래서인지 김승희 시편에서는 서정시의 오랜 기능이라 할 수 있는 '위안'과 '고백'의 목소리가 철저하게 배제되어왔다. 그의 시편들은 독자들과의 아늑한 소통을 통한 동일화(identification)의 욕망에서 멀찍이 비켜서 있었던 것이다. 오히려 그는, 언젠가 먼지와 음악 사이에서 열애를 하듯 시를 쓰고 싶었다고 고백한 바 있듯이, 혼돈의 세계에 대한 열애의 감각으로 생의 율동을 재현하고 심미화함으로써 역설적 구원에 이르는 방법을 줄곧 택해왔다. 이번에 펴내는 『냄비는 둥둥』에는, 바로 그 소망처럼, '음악'이 가지는 율동의 감각이 그야말로 '둥둥' 떠다니면서 파동치듯 흐르고 있다.

물론 여기서 말하는 '가벼움'이 '경박함'과 등가는 아니다. 그것은, 예술이 아무리 심각한 주제를 다루더라도 잃어서는 안되는 최종적 기율로서의 어떤 '경쾌함'을 뜻

할 뿐이다. 그 점에서 그의 시편들은, '광기'나 '초월'까지 넘나드는 경쾌함을 견지하면서 우리 육체가 기억하는 생의 율동을 활력있게 들려준다. 시인도 "가끔 은총인 듯 무한한 음악이 솟구쳐오를 때도 있다. (…) 구원은 홀연 그렇게 와라."(「시인의 말」)라고 말하지 않았던가. 이때 '음악'은 그의 시정신이 입고 있는 불가피한 옷이 되는데, 이 글은 그 '음악(율동)'에 몸을 맡기면서 시집을 횡단해본 소회의 기록인 셈이다.

2

김승희는 그동안 남성중심의 사회에서 상실한 '야성'을 여성성을 통해 살려내려는 시적 기획을 줄곧 보여왔다. 물론 이는 남성중심의 질서가 가지는 동일성 논리를 교란하고 해체하려는 '경쾌함'의 기획이다. 이번 시집에서도 이러한 경쾌함은 율동의 구체성으로 나타나고 있다. 가령 시인은 「110층에서 떨어지는 여자」에서 경쾌한 율동을 통해 한 여자가 얼마나 간절하게 사람을 사랑했는지 그리고 그녀의 죽음이 얼마나 비극적인지를 구체적 물질성으로 보여준다. 또한 「시집가는 여자의 불」에서도 섬세한 율격적 배려를 통해 한 여자의 생의 비극성을 지극한 감각으로 전달해준다. 이 비극적 구체성이 바로 시인이 시를 통해 복원하려는 '야성'이며, 그 우주적 '율동'을 텍스트 안에 구체적으로 형식화한 것이 '율격'이다.

그 뜨거운 홀연
순간
그 미끄러운 순간
날씨처럼 항상 변하고 있는
천연,
어디에도 밑줄을 그을 수 없는
그 순간
아낌없는 순간
죽어도 좋은 순간

—「물이 수증기로 바뀌는 순간」 전문

물이 수증기로 바뀌는 기화(氣化)의 순간을 여러 속성의 나열로 병치하고 있는 이 시편은, "그 뜨거운 홀연/순간"이야말로 아낌없이 "죽어도 좋은 순간"이라고 말한다. 시인은 그 가벼움의 순간적 황홀을 뜨겁고 미끄럽고 변화하는 상승의 감각으로 치환하면서, 그 순간 "나도 얼마든지 그렇게 미칠 수 있을 것 같다"(「호텔 자유로」)라고

노래한다. 결국 그 '경쾌함'이 시인에게는 전(全)존재를
걸 만한 가치가 있는 시적 지경(地境)이 되는 것이다.

또한 다음 시편은 온갖 자연 사물에 흩뿌려져 있는 우
주적 '율동'을 발견하는 과정에서 씌어진 것이다. 이는 여
러 제약에도 불구하고 자기 목소리로 발화(發話)하는 사
물의 제자리를 시인이 만들어주고 있다는 점에서, 언어적
율동에 대한 자의식으로 충만한 사례이다.

> 폭설의 밭 속에서 살고 있는 것들!
> 백설을 뻗치고 올라가는 푸른 청보리들!
> 폭설의 밭 속에서 움직이고 있는 것들!
> 시퍼런 마늘과 꿈틀대는 양파들!
> 다른 색은 말고 그런 색들!
> 다른 말은 말고 그런 소리들!
>
> 하루를 살더라도 그렇게
> 사흘이나 나흘을 살더라도 그렇게!
> ─「갑자기 그럼에도 불구하고!라는 말이 들렸다」 전문

시인의 시선은 "폭설의 밭 속에서 살고 있는 것들!"을
향한다. 여기서 감탄부호는 호명하는 순간의 가파른 호

166

홉과 발견하는 순간의 경이를 동시에 환기한다. 그것들의 목록은 "백설을 뻗치고 올라가는 푸른 청보리들!"이나 "시퍼런 마늘과 꿈틀대는 양파들!"이다. 다시 말하면 "폭설의 밭 속에서 움직이고 있는 것들!"이다. 이처럼 "폭설의 밭"이라는 폭력적 외인(外因)에도 불구하고 푸른 빛깔의 생태적 경로를 엄연하게 유지하고 있는 '푸른 청보리들' '시퍼런 마늘' '홰를 치는 양파들'은 한결같이 "꿈틀대고 있는" 생명성의 우주적 율동을 표상한다. 그래서 시인은 이 고유한 생명의 빛깔과 소리를 두고 "다른 색은 말고 그런 색들!/다른 말은 말고 그런 소리들!"이라고 외친다.

이쯤 되면 자연 사물이 그리스도교에서 상정하는 '일반 계시'의 차원으로 격상되는 듯 보이기까지 한다. 그 편재하는 언어적 율동 속에서 우리는 "하루를 살더라도 그렇게/사흘이나 나흘을 살더라도 그렇게!" 살 수 있는 것이 아니겠는가. 그래서 시인이 찾아낸 언어적 율동은 그 자체로 자연이라는 거대한 랑그(langue)에서 각각의 색상과 소리를 지닌 채 자신을 드러내는 빠롤(parole)이 되는 것이다. 그 빠롤의 풍부함이 시인의 시선과 결합하여 "그럼에도 불구하고!"라는 역설을 낳는 것이다.

이처럼 김승희 시학은 우주적 '율동'을 통해 생명의 순간과 언어들을 채집하면서, 잃어버린 야성을 탈환하고 복원한다. 그 '경쾌함'으로!

3

우리가 잘 알듯이, 김승희 시편들은 강렬한 대(對)사회
적 에너지를 내장하고 있다. 이는 이전 시집에서 보여준
탈식민적 발상이나 여성주의적 시상에서 이미 밀도높게
나타난 바 있다.

사실 우리는 그동안 인류가 공들여 축적해온 중심적 가
치인 '사랑'이나 '자유' 같은 것들이 폭력적으로 폐기되
거나 유보되는 시대에 살고 있다. 이러한 시대에 대응하
여 '시'는 새로운 대안적 실천을 해나가게 마련인데, 이때
그의 시편들은 생명을 왜곡하고 억압하는 우리 시대의
현실에 대해 비판적 목소리를 드러내게 된다. 가령 시인
은 미친듯이 질주하는 자본의 행진을 일러 "원무를 추듯
자기들끼리 손을 잡고 빙빙 돈다"(「신자유주의」)라고 묘사
한다. 이때 그들의 '원무(圓舞)'는, "방향도 없고 안팎도
없고 / 시작도 끝도 없"는(「에버랜드에서 네버랜드로」) 뫼비
우스의 형상을 하고 있다. 이 자폐적인 악순환의 구조, 그
리고 그 자폐의 공간에 모든 것을 몰아넣고 봉인하는 악
다구니야말로 우리가 살고 있는 신자유주의 세상의 모습

이다. 그 안에서 살고 있는 우리의 생존방식을 가장 구상적으로 그려놓은 화폭 하나!

> 비 내리는 텔레비전 화면을 쳐다보며
> 묵묵히 밥을 먹는다
> 다리 하나 부러진 개다리밥상
> 아무도 그에 대해 말을 하지 않는다
> 냄비 밑바닥만 우두커니 들여다본다
> 냄비 안에 시래깃국, 푸르른 논과 논두렁들,
> 쌀이 무엇인지 아니? 신의 이빨이란다,
> 인간이 배가 고파 헤맬 때 신이 이빨을 뽑아
> 빈 논에 던져 자란 것이란다,
> 경련하는 밥상, 엄마의 말이 그 경련을 지그시 누르고 있는
> 조용한 밥상의 시간,
> 비 내리는 저녁 장마,
> 냄비는 둥둥
>
> ─「냄비는 둥둥」 부분

텔레비전에서 아르헨티나 사람들이 냄비를 두드리면서 내지르는 "비명소리"나 "한숨소리"는, 다리 하나 부러

진 개다리밥상에서 냄비만 바라보며 가난한 밥을 먹고 있는 한 가족의 "조용한 밥상의 시간"과 대립적으로 조응된다. 한쪽은 소란스럽고 한쪽은 쥐죽은듯이 조용하니까 말이다. 하지만 이 두 장면은 어느새 강한 상동성(相同性)으로 고스란히 겹쳐진다. 왜냐하면 그 "경련하는 밥상, 엄마의 말이 그 경련을 지그시 누르고 있는/조용한 밥상의 시간"이야말로 텔레비전 속에서 '둥둥' 울리는 이국(異國)의 가난의 소리들과 장마 속에서 '둥둥' 떠가는 이 나라 곳곳의 가난의 풍경을 결합시키면서 강력하고도 조용한 페이소스를 자아내기 때문이다. 여기서 '둥둥'은 냄비를 두드리는 소리이자 냄비가 떠가는 모양이기도 한데, 이는 이 뫼비우스의 세상에서 살아가는 우리의 감각적 초상이 아닐 수 없다.

이처럼 그의 시선은 비극적인 인간의 존재조건을 향한다. 그것은 "희망이라는 것이 병이 될 수 있는 나라"(「나는 그렇게 들었다」)에서 살아가는 우리들의 슬픈 초상을 정직하게 응시하는 그의 시선 때문에 가능한 것이다. 이처럼 다분히 풍자적이고 희극적인 역설을 통해 그의 시편들은 건강한 야성의 회복 내지는 새로운 질서에 대한 갈망을 보여준다. 그 시선과 방법이 자신의 내부를 향하고 있는 작품이 다음 시편이다.

핸드폰이 냉동칸 속에서 울리고 있을 때
자꾸만 울리고, 울리고 있을 때
너무나 오래 이름 속에 갇혀 있었다는 것
드디어 내가 내 바깥으로 나갈 줄 알게 되었다는 것,
이 폭소……
이름의 독재를 가로질러 이 방면(放免)의 풀밭을
날아서, 맨발에 구름과 이슬을 묻히고 이 새로운……
이 이름 붙일 수 없는…… 맨발에 구름을 묻히고서
웃으면서 날아
간다는……

—「지천명」부분

시인은 "핸드폰이 냉동칸 속에서 울리"는 순간, 자신이
"너무나 오래 이름 속에 갇혀 있었다는 것"과 "드디어 내
가 내 바깥으로 나갈 줄 알게 되었다는 것"을 발견한다.
누구는 나이 오십에 바다를 발견했다지만, 시인은 지천명
에 이르러 "이 폭소……"를 터뜨리며 "이름의 독재를 가
로질러" 나아가는 자신을 경험하고 있다. "방면(放免)의
풀밭"을 야성의 맨발로 날아서 말이다.
  사실 인간 정신을 철저하게 억압하는 황폐한 상황에서,

'웃음'은 그 억압의 형식인 교환가치를 해체하고 무효화하는 전략이 된다. 또한 '맨발'은 야성의 상태를 기억하려는 가장 원초적 상태라는 점에서 천명(天命)에 가장 가까운 상태이다. 일찍이 "모든 신발은 전족"(「모든 신발이 불편하다」, 『세상에서 가장 무거운 싸움』, 세계사 1995)이라고 노래한 시인으로서는 "맨발에 구름을 묻히고서 / 웃으면서 날아 / 간다는" 설정을 통해, 곧 '웃음과 맨발'이라는 이중적 기제를 통해 해방과 탈주를 행하라는 '천명(天命)'을 발견하고 있는 것이다. 세번이나 반복되는 말줄임표에 담겨 있는 '설렘'과 '즐거움'과 뒤늦은 '회한'의 감각이 율동적으로 느껴지지 않는가.

시인은 "위기를 미학화하는 사업에 나는 필히 골몰하고 싶다"(「빨랫줄 위의 산책」)라고 말한 바 있다. 그 사업에 골몰함으로써 그는 "미쳐야 보이는 것들"(「바람을 잡으려고」)을 바라보면서, '야성'의 회복을 통해 억압과 부자유로부터 탈주하고 있는 것이다. 그 사업을 '지천명'의 싯점에 이르러 이처럼 본격화하고 있는 것이다.

4

또한 시인은 작품 곳곳에서 우리말의 '파자(破字)놀이'

로 보이는 실험을 수행한다. 이는 물론 시인이 의도한 독특한 언어유희(pun)의 일종이겠지만, 거기에는 매우 중요한 인식의 변증법이 숨겨져 있다. 가령 시집의 맨앞에 놓인 「별」에서는 '별'에서 '무릎 같은 ㄹ'이 떨어져 논으로 들어가 '벼'로 패는 과정을 보인다. 이 '천상(별)'과 '지상(벼)'의 상상적 교환은, 먼저 "떨어져서 / (…) 내려와서 / (…) / 꺾어져서 / 주저앉아서" 같은 하강의 이미지를 통해 '별'이 '벼'가 되다가, 나중에는 무릎 꿇은 농부들이 벼를 모시고 쉴 때쯤 다시 '벼'가 '별'이 되는 과정을 밟는다. 그만큼 천상의 심미적 형상은 '무릎'을 통해 지상의 양식과 연결되어 있는 것이다. 또한 「저 산을 옮겨야겠다」에서는, '산'을 옮기는 과정이 '산'에서 'ㄴ'을 빼고 "ㅏ ㅏ ㅏ ㅏ / 목놓아 바깥으로 아를 풀어놓으면 / 산은 마침내 ㅅ만 남게" 되는 것으로 나타난다. 이때 'ㅅ'은 "두 사람 비스듬 몸 맞대고 걸어가는 모습"이기도 하고, '산'이 스스로 움직이는 형상이기도 하다. 이처럼 그의 시편에서 '별'과 '산'은 스스로를 자유롭게 해체하고 재구성하면서, 천상과 지상 혹은 사물과 사람 사이의 거리를 지워나가는 상상적 놀이의 주체가 된다.

이렇듯 자음과 모음을 갈라놓고 결합시키는 상상적 유희는 "나비 / 나 그렇게 비를 맞고 있어"(「흰, 펄펄, 나비」)라

든가 "물 물 물 물 /물에서 비늘같이 미끈덩거리는 ㄹ이
벗겨져 떨어지자 /물 물 물 물이 /무 무 무 무 /되는데"
(「영원한 일요일」) 같은 시편에서도 완강하게 지속된다. 다
음 시편은 그 '파자놀이'가 아름답게 '사랑'의 시학으로
응결된 구체적 사례이다.

　　마음을
　　….. ○ …. ○ …. ○ ….. ○ ……. ○ …… 에 올려두고
　　일평생 미끄러져봐라
　　앉아 있는 사람에서 ㅁ이 ○이 될 때까지
　　둥글게 둥글게 모서리 뼈를 깎아봐라,
　　ㅁ이 ○이 될 때까지 아리 아리게 쓰리 쓰리게
　　뼈를 깎는 그 고통이 지나야만
　　웃는 웃음 ○이 바퀴를 굴려 나가리니
　　깊고 찬 우물, 광야에서 발견한 우물의 ○
　　당신밖에 할 수 없는 일,
　　어떤 사막에서도 멈출 줄 모른다,
　　사랑은 ○을 타고 있기에

　　　　　　　　　　　　　　　　　—「사랑은 ○을 타고」 부분

"마음을 /….. ○ …. ○ …. ○ ….. ○ ……. ○ …… 에 올려

두고" 평생을 미끄러지면 '사람'에서 'ㅁ'이 'ㅇ'이 되어 '사랑'이 된다. 사람이 사랑이 되는 과정은, 그야말로 "둥글게 둥글게 모서리 뼈를 깎"는 것이고, "ㅁ이 ㅇ이 될 때까지 아리 아리게 쓰리 쓰리게/뼈를 깎는 그 고통이 지나야" 하는 것이다. 그때 "웃는 웃음 ㅇ"은 바퀴가 되어 굴러나간다. 하지만 그 바퀴는 "깊고 찬 우물, 광야에서 발견한 우물의 ㅇ"이기도 하다. 그러니 '사랑'은 "당신밖에 할 수 없는 일"이고, 나아가 "어떤 사막에서도 멈출 줄" 모르는 "ㅇ을 타고" 있는 불멸의 미끄러짐이 되는 것이다.

이처럼 이 작품에서는 「사랑은 비를 타고」(Singin' in the Rain)라는 뮤지컬 영화의 경쾌함이 패러디되면서, 그 특유의 '파자놀이'가 지속된다. 그처럼 '사랑'은 경쾌하게 움직이면서 동그란 바퀴를 타고 영속적으로 미끄러진다. 결국 마음에 바퀴를 달고서 경쾌하게 움직이는 것이 '사랑'인 셈이다. 이처럼 여러 작품에서 김승희는 '사랑'을 구체적 감각으로 승화시키고 있는데, 시적 주제를 '사랑'으로 귀의시키고 있는 다음 소품들도 좋지 않은가.

새벽에 너무 어두워
밥솥을 열어 봅니다

하얀 별들이 밥이 되어
으스러져라 껴안고 있습니다
별이 쌀이 될 때까지
쌀이 밥이 될 때까지 살아야 합니다.

그런 사랑 무르익고 있습니다

—「새벽밥」 전문

두 손과 두 발에 못 박히고 옆구리에서부터 심장까지
긴 창으로 찔렸다
　그 흘러내리는 다섯 자리 피 안에서
　얼마나 많은 사람들이 태어나고 있는가

　그 고통보다 큰 사랑은 없고
　그 못자국보다 넓은 우주는 없다

—「스티그마타」 전문

아마도 '새벽밥'은 일찍 길 떠나는 누군가를 위해 준비
한 양식일 것이다. 그 '새벽밥'은 밥알들이 서로 으스러져
라 껴안는 행위인 '사랑'을 통해 무르익는다. 또한 시인은
'큰 사랑' 혹은 '넓은 우주'의 상징이자 흔적인 스티그마

타 곧 '성흔(聖痕)'에서 무수히 생성되는 생명의 가치를 발견하고 있다.

그만큼 시인은 스스로의 소망처럼 "안에 있지 못하고 밖으로 쫓겨나올 수밖에 없었던/기막히게 아픈 심장 같은 것에 대하여"(「심장딴곳증(ectopia cordis)」) 노래하고 있다. 그 아픔에 동참하면서 그것을 가장 구체적인 감각으로 승화시키는 김승희의 '사랑'의 시학이야말로 이번 시집에서 가장 빛나는 순금의 영역이 아닐 수 없다.

5

더 많은 시편들을 언급해야 했을 것이다. 아닌게아니라 그의 이번 시집에는 다채로운 의성어들이 '둥둥' 풍요롭게 떠다니고 있고, 반복과 열거와 점층의 수사학이 눈부시다. 그리고 화가, 음악가, 음식, 지명 들이 무수히 명멸하면서 타자들의 외관을 형성하고 있다. 특히 그의 시편들에서 뚜렷이 반복되고 있는 '나혜석'과 '윤심덕'을 비롯한 여성들은 남성중심의 사회에서 배제된 캐릭터들로서, '야성'의 상태로 탈주하는 대안적 페미니티를 표상한다. 시인으로서는 이들 예술가들이나 여성들(여성들 대부분도 예술가들이다)의 구체적 고통을 통해 타자들과 연대하는 길을 택하고 있는 것이다. 또한 '종교적 상상력'이라 칭할 수 있는 가톨릭적 기표와 주제가 충실하게 형상화되어 있다는 점도 새겨둘 만하다.

그리고 다른 시인들과의 상호텍스트성, 이를테면 이상(李箱)과 얽혀 있는 「아스피린/아달린, 펜트하우스」나 「빨랫줄 위의 산책」, 김수영(金洙暎)과 얽혀 있는 「신이 감춰둔 사랑」 등에는 선행 텍스트와 접속하면서 그것을 변형하고 넘어서려는 미학적 모험이 역동적으로 구현되어 있다는 점도 분석해볼 만한 가치가 있을 줄 안다.

결국 이 모든 요소들이 방사(放射)하는 섬광들은 무수한 입자가 되어 시집을 가득 채우고 있다. 그것들은 복선율의 다성악(多聲樂)으로 울리면서 '야성'의 상상력을 물질적 구체성으로 보여주고 들려준다. 이 모두가 상투성에 대한 미적 저항을 통해 스스로를 갱신해가는 김승희 시학의 선명한 위의(威儀)를 보여주는 사례일 것이다.

이번 시집은 김승희 시학의 눈부신 결절(結節)로 우리에게 다가온다. 그렇다면 이 결절은 어디로 갈라지면서 확장되어갈 것인가. 아마도 그것은 '야성'과 '웃음'으로 표상되는 어떤 탈주의 공간을 지향하면서도, '사랑'의 시학을 심화시켜가는 형상을 취해갈 것이다.

柳成浩 | 문학평론가

■

시인의 말

2000년 12월 출간한 『빗자루를 타고 달리는 웃음』이후에 쓴 시들을 모았다.

분홍신의 운명을 뿌리칠 수 없어 시를 쓴다.

'냄비는 둥둥' 제목이 참 재미있는 것 같은데 주변은 온통 황토가 물컹거리는 물난리고 하염없는 냄비 속으로는 표류와 환란이 한창인데 가끔 은총인 듯 무한한 음악이 솟구쳐오를 때도 있다. 그랜드 폴로네이즈, 토카타와 푸가, 랩소디 인 블루, 시베리아 폴로네이즈, 위험하게 홀로 넘어가는 무반주 파르티타, 탱고거나 타란텔라, 미제레레…… 그런 아름다운 것들이다.

당신은 당신의 레몬-타임을 그렇게 견디고 있다.

나도 나의 레몬-타임을 그렇게 견디고 있다.

구원은 홀연 그렇게 와라.

2006년 7월

김승희

창비시선 265

넘비는 둥둥

초판 1쇄 발행 / 2006년 7월 28일
초판 7쇄 발행 / 2025년 5월 12일

지은이 / 김승희
펴낸이 / 강일우
책임편집 / 정소영
펴낸곳 / (주)창비
등록 / 1986년 8월 5일 제85호
주소 / 10881 경기도 파주시 회동길 184
전화 / 031-955-3333
팩시밀리 / 영업 031-955-3399 편집 031-955-3400
홈페이지 / www.changbi.com
전자우편 / lit@changbi.com

ⓒ 김승희 2006
ISBN 978-89-364-2265-3 03810